KB210923

정관진 산문집

자유의 계절

자유와 계절의 고향

    중편 '자유의 계절'과 산문 '생각나는 고향'을 함께 묶었다. 자유의 계절은 자유 민주주의 시장 경제의 남한에서 태어나 인생의 절반을 살아온 봄 여름의 계절을 다루었다.

    진정한 자유는 무엇일까?

    참 자유를 위한 몸부림이었던 시절, 결국 자유는 정신 병원이란 강제의 감옥에 끝없이 입원하게 될 수밖에 없었던 것이 남한의, 나의 현실이었다. 진정 자유는 '하느님이 인간에 내린 가장 아름다운 선물'이었으나, 결국 자유는 나의 좌절된 인생을 만들었다.

    나는 젊은 시절 자유가 두려웠다. 그래서 끊임없이 예수님의 신앙에 의지할 수밖에 없었다. 그리스도교의 의지할 수밖에 없었고, 부처님 말씀에 귀 기울일 수밖에 없었다. 젊은 시절 나의 자유는 방종을 넘어 끝없는 괴로움이었다.

이제 인생의 뒤안길에서 진정한 자유를 찾은 느낌이며, 자유의 소중함을 알게 된다.

아! 예수님의 자유를 본받게 하소서. 동시에 어머니의 삶과 가르침을 생각하게 되었다. 그러나 자유는 아직도 나를 두렵게 하며, 진정 자유는 무엇인가?

산문들을 묶었다. 산문 말미나마 문도공 요한 정약용 승지의 주옥같은 한시를 넣어 독자분들께 선물하고 싶었다. 산문에서 느끼는 부족함을 다산이 지은 시를 읽음으로써 한 위대한 시인의 시를 감상해 보시기 바란다.

부족한 작품이나 애정과 관심을 가져 읽어 주신다면 영광으로 생각하고, 더 훌륭한 작품으로 보답할 것을 약속드린다.

2020. 여름
상록수에서

◆ 차 례 ◆

묶음 하나

자유의 계절

"만약 신이 다른 나를 원했다면
신은 나를 다르게 창조했을 것이다."7
- 괴테 -

하나

　입춘이 지나 진호도 인생의 봄을 맞이하고 있다. 진호의 나이 스물이 되었다. 한겨울의 움츠렸던 영산홍도 몽우리가 맺혔고, 봄꽃 라일락도, 목련도 몽우리가 맺혀 있다.

　진호도 대학 입학 시험에 합격하여 청주의 C대학 철학과에 3월이면 입학식을 하고 신입생이 된다. 진호는 대학 입학식까지 고향 시골집 골방에 틀어 박혀 독서에 매진하고 있었다. 시골의 겨울은 추웠다.

　대지에서는 새싹들이 잎을 터트리고, 한겨울의 추위는 우수가 지나 대지에 온기가 퍼지기 시작했다. 진호도 20세가 되기까지 수십 번의 봄을 맞이하고 있다. 봄은 초록과 노랑빛에서 시작되었다. 초록은 희망과 젊음을, 노랑은 새로움과 기쁨을 보여준다. 백화점에서는 초록과 노랑으로 치장한 처녀 모델이 희망과 새로움으로 등장하기 시작했다. 너무나도 아름다운 모습으로 다가오고 있었다.

　진호도 양복을 사고, 와이셔츠를 사고, 넥타이를 고르고, 구두를 새로 장만하고, 설레는 마음으로 입학식을 준비하고 있었다. 희망은 마음속에서 시작해서 세상 가득히 퍼져 나갔다. 진호의 가슴속의 희망이 가족 모두에게 이웃에게 퍼져 나갔다. 어머니도 돌아가신 아버지의 슬픔속에서 진호의 모습을 보고 희망의 서광이 가슴속에 비추기 시작했다.

세상은 진호가 열연해야 할 큰 무대로 막장을 열었다. 진호는 배우로 새로운 무대에 서기 위해 옷을 입고, 치장을 하기 시작했고, 진호가 보는 세상은 행복으로 가득했다. 세상은 전쟁도 있고, 테러도 있고, 병사도 있고, 불행한 일들이 많지만 진호가 보는 세상은 그렇지 않았다. 온통 장미빛 희망으로 가득했다. 그것이 진호의 가슴이었다. 진호는 순수했고 젊었고 건강했다. 진호는 자기 세계에 빠져 있었고, 자신만의 눈으로 세상을 바라보았다.

역사도 현실도 자기만의 눈으로 해석했다. 부모님의 보살핌 속에서만 살았던 진호의 은혜였다. 남쪽에서는 벌써 홍매화가 피기 시작했고, 바람꽃도 피어났다. 복수초도, 노루치도, 목련도 피어났다. 이제 진호가 살고 있는 중부 지방도 곧 꽃 잔치가 벌어질 것이다.

둘

진호가 인생을 볼 때 유소년 시절 기억에 남은 시간은 주로 여름과 겨울인 듯 했다. 우선 봄이 다가오면 종달새가 들판을 가로질러 하늘 높이 날으며 노래했다. 종달이의 노래는 봄의 전령으로서 봄 기운의 따스함을 느끼게 했는데, 약간의 권태와 슬픔, 희망의 소리였다. 종달이는 봄을 알리며 자신의 자유와 즐거움을 노래하고 있었다.

농부에게 봄은 부지런해야 했다. 모자리 하기 전의 벼의 씨앗을 틔워야 했고, 논 밭의 거름도 주고 날라야 했고, 쟁기로 논밭도 갈아야 했다. 진호의 유소년 시절은 학생이었기에 학교와 공부가 주무대였고 본분이었다.

유소년 시절 뚜렷이 기억나는 것은, 놀이와 시골 농부의 분주함과, 어머니와 아버지, 경쟁심, 동무들과 일상의 일탈을 꿈꾸는 소년의 가슴이었다. 진호는 평범한 학생이었고, 평범한 사람이었다. 그 평범함 속의 진호의 특징이 있었고 탤런트가 있었다.

셋

진호는 생각한다. 계절이 변화하며 인생도 성숙해 간다. 가을에 열매를 맺듯 성장의 과실이 익어 가는 것이다. 동심은 천진난만했다. 어린이는 동심의 세계에서 살아간다. 동심의 세계에서 부모는 절대적 존재이다. 부모는 거의 모든 것을 보살펴 준다. 엄마의 품속에서 치마자락 속에서 살아간다. 어린이에게 부모는 버팀목이다.

진호의 어머니는 자녀 8명을 낳으셨지만, 진호의 누이 둘은 죽었다. 진호는 막내 아들로 태어났다. 막내 아들인 진호는 고집이 세었고, 엄마를 차지하려 했다.

그러나 엄마는 농부였기에 낮에는 들판에 계신 시간이 많았고, 그러면 어린 진호는 홀로 고독한 시간을 보내는 적이 많았다. 그럴 때면 진호는 동무들과 놀이에 집중했고, 홀로 들로 산으로 돌아다니는 시간이 많았다.

진호는 가정과 학교의 보호 아래 있었지만 자연의 순리에 따라 자연속에서 살아갔다. 들로 산으로 냇가로 다니며 관찰했고, 자연을 벗삼아 놀았다. 진호는 학교에서는 선생님과 친구들 집에서는 부모 형제의 보살핌을 받았다.

진호는 자립심이 강하기도 했다. 진호는 건강한 소년이었다. 부모님의 보살핌이 진호를 건강한 소년으로 만들었다. 진호는 학생으로서 자신의 본분인 학업과 집에서도 자신의 맡은 할 일을 해 내었다.

세상은 배움터이고, 배우는 능력은 가장 큰 능력의 소유자다. 진호는 성장하며 다음과 같은 목표가 정해졌다. 선비로서 군자로서 남자가 되기를 바랐고, 또 성인의 완성된 길을 향해 가기를 추구하게 되었다. 또 진호는 스스로 행복한 사람이 되기를 원했고, 행복은 진호가 인생에서 추구해야 할 인생의 목적이었다.

넷

긴 겨울의 추위는 따뜻함을 알게 하고 한여름의 무더위는 시원함을 알게 한다. 겨울에서 다가오는 봄은 꽃을 시샘한다. 꽃샘 추위이다. 꽃샘 추위는 가슴속으로 파고 든다. 그래서 봄의 추위에 여인은 목을 스카프로 감싼다. 조금의 추위도 새어들지 않게 말이다.

'봄처녀 바람났네' 라고 한다. 봄바람에 취해, 꽃향기에 취해, 예쁜 꽃모양에 취해 봄처녀 바람날 때 소나아는 암컷의 냄새를 맡고 숫망아지처럼 날뛴다. 이처럼 남녀는 서로 유혹하고 유혹당하고 치마자락 날리며 꼬리치고, 가슴은 예리함에 찔린 듯 아파하고 괴로워 한다.

진호는 새로 산 와이셔츠에 푸른색 넥타이를 매고 캠퍼스 대잔디 밭에서 열리는 입학식에 참석했다. 진호의 인생에서 가장 희망차고 설레는 순간이었고, 지금까지 탄탄대로의 인생의 길을 걸어왔고, 앞날도 훤히 펼쳐져 있었다. 진호는 즐거웠고 행복했다. 그러나 이제 시간이 지난 후 되돌아 보면 인생의 길은 안개속이었고, 넘어지고 헤매이고 방황하는 시간, '앞날은 한 치 앞도 알 수 없다'는 말처럼 미래는 불확실의 연속이었다.

봄꽃이 핀다. 홍매화, 산수유, 개나리, 진달래, 영산홍, 목련, 라일락, 살구꽃, 복숭아꽃, 벚꽃, 세상의 봄꽃이 피기 시작했다. 꿀벌들이 모여들기 시작했고, 하늘을 나는 새들도 지저귀기 시작했다.

세상은 천지가 알록달록 꽃으로 빛나고, 젊은이나 노인이나 가슴의 향기와 화사함을 품었고, 사랑의 꿈을 꾸었다. 가슴 가슴마다 연분홍 연분이 싹트기 시작했고, 남녀노소 손의 손의 꽃다발을 선사한다.

내일은 모른다. 오늘 꽃잔치 하러 꽃구경 하러 봄나들이 가자. 그 누구도 침묵하지 않는다. 모두 입을 벌려 흥겨운 노래를 부르고, 손을 먼저 내밀어 꽃다발을 선사한다.

이 무릉도원을 모르는 대한민국 사람이 있겠는가? 꿀보다 달콤하고, 천국보다 화사하고, 사랑보다 향기롭고, 눈물보다 진하며 키스보다 뜨겁다. 우리의 봄잔치가 벌어졌다. 이 축제에 모두가 주인공이고 주연이다. 흠뻑 취하자. 술에 취한 듯 흠뻑 취해 보자. 사랑의 기쁨이 싹트고, 우정의 깊음이 감동이 되어 지상의 축제에 참여하자.

가난한 사람들, 부유한 사람들, 잘난 사람들, 못난 사람들 모두 축제를 즐기자. 꽃향기에 취해 주정을 하고, 꽃의 아름다움에 반하여 사랑을 고백하자.

우리의 봄은 다시 오지 않는다. 모두 지금 이 순간을 즐기자. 이 순간이 영원이 되도록 영원의 잔치를 즐기자. 남녀노소 모두 꿈과 같은 봄날을 즐기자.

다섯

꽃샘 추위가 시작되었다. 가슴으로 파고드는 바람이 흉물스럽다. 몽우리진 영산홍이 잠시 움츠려 들었고, 진호는 가슴을 웅크리고 두 팔을 품안에 안아본다.

아! 생각해 보면 세월은 빠른 듯 하지만 40년, 50년 전 세월은 먼 과거와 같다. 아주 먼 옛날인 듯 하다.

진호는 인생은 짧다고 생각지 않는다. 인생은 봄날의 긴 꿈과 같다지만 힘겨운 사람에게 인생은 너무 긴 것이다. 정말로 인생을 80년으로 본다면 딱 알맞은 것이다. 짧지도 않고 길지도 않은 것이다. 오히려 하루가 10년, 100년 같을 수도 있고 하루가 짧으면 몇분 같을 수도 있지 않겠는가?

진호에게 요즈음 하루가 짧게 느껴지지 않는다. 오히려 하루가 길게 느껴지는 듯 하다. 물론 하루가 순식간에 지나기도 한다. 행복한 사람에게, 즐거운 사람에게 하루는 짧은 듯 하고, 불행하고 힘겨운 사람에게 하루는 지루하고 길게 느껴지지 않겠는가?

일백 년 , 일천 년의 역사를 보면 백년 전의 살았던 사람들은 한 사람도 빠짐없이 모두 죽어 저세상 사람이 되었고, 살아 있던 흔적은 하나도 없다. 사람의 살은 모두 썩어 흙이 되었고, 신비로운 것은 대를 이어 자손이 살아간다는 것이다.

죽음이 찾아 오거든 물러서지 말고 순순히 받아 들여야 한다. 삶에 대한 집착은 어리석은 것이다. 운명을 사랑하면 하늘도 감동한다.

꽃샘 추위속으로 봄의 햇살이 퍼진다. 사람들은 봄바람 속으로 달려간다. 봄바람이 꽃을 시샘한다. 어떻게 할 것인가?

한 노인이 오늘도 담배를 물고 햇살 아래서 무협지를 읽고 있다. 삼삼오오 시간을 보내는 사람들, 이런 저런 대화속에서 희망을 보고 힘을 낸다.

혼자 시간을 보내는 사람도 많다. 무엇인가 들여다 보면서 시간을 보낸다. 세상의 흥미를 잃어서는 안된다. 재미를 잃어서는 안된다.

여섯

봄이 오고, 봄이 지나면 여름이 오고, 여름이 지나면 가을이 오고, 가을이 지나면 겨울이 온다. 진호는 지금까지 수십번의 봄을 겪었다. 봄은 희망이었다. 긴 겨울이 지나고, 새싹이 자라고, 꽃이 피며 햇살이 따뜻해진다. 종달이가 들판을 가로질러 하늘 높이 날으며 노래할 때 봄은 시작된다.

봄이 오면 초등학교 1학년 학생들이 병아리들처럼 모여들어 입학식이 거행된다. 부모들은 이 어린 병아리들을 거친 세상속으로 내어 보내야 한다. 그러면서 사회생활을 시작하는 것이다.

인생은 한 편의 드라마 같다. 봄의 시작은 그 중에서 1막 1장이 열리는 것이다. 절기상으로 입춘이 지나고, 우수가 지나 경칩이 지나고 춘분이 오면 우리 나라는 꽃이 피기 시작한다. 꽃은 남쪽에서 피기 시작하여 우리나라 전역으로 북상하여 피어 오르기 시작한다.

이제는 겨울의 긴 코트는 옷장에 집어넣고 꽃샘 추위를

막을 정도의 옷이 필요하다. 사람이 사는 동안 수십 번의 봄이 찾아오지만 인생의 봄은 한 번 뿐이다. 사람에게 봄은 중요한 계절이다. 물론 봄만 중요한 것이 아니고 사계절이 다 중요하지만 인생을 시작하는 봄은 긴 인생에서 가장 황금기 가장 행복한 시기인 것이다.

부모는 긴 시간을 먹여주고 입혀주고 보살펴 왔고 조금의 불편함도 없이 해 주셨다. 봄은 인생에서 가장 행복한 계절인 것이다. 인생의 축복을, 은총을 누리고 바르고 건강하게 자라 주기만 하면 되었다. 이제 혼자 세상속으로 걸어 나가야 한다. 거센 바람이 불고 폭풍우가 몰아치고 눈보라 몰아치고, 무더위와 가혹한 추위도 있겠지만 모두 혼자 이겨내야 한다.

하루 하루 인생은 깊어지고 성숙해진다. 경험만큼 큰 재산은 없다. 진호는 남자로 태어났다. 남자는 젊어서부터 명예를 존중해야 한다. 사회 생활을 시작하면서 조연도 필요하지만, 주연이 되도록 해야 한다.

부처님의 말씀처럼 '천상천하 유아독존' 이라고 인생에서 자신이 주인공으로서 주관과 소신을 지녀야 한다. 젊어서부터 수치나 비굴함, 부끄러움, 많은 비밀을 가져서는 안 된다. 젊어서부터, 소년 시절부터 명예를 소중히 해야 한다.

일곱

개나리도, 진달래도, 목련도 피기 시작한다. 조금의 더위도 느껴지기 시작한다. 겨울 옷은 이제 벗어야 한다. 대학 교정에서는 새내기들이 이제 대학 생활에 적응하기 시작했고, 진호도 대학 새내기로서 선배들의 동아리 모집 구호에 귀 기울여 관심을 가지기 시작했다. 교수님도 새내기의 인사에 대답해 주셨다.

사람들은 지저귀는 잉꼬처럼 활기차게 대화를 하지만 진호는 좀 따분함과 권태를 느낀다. 봄기운의 나른함이기도 하다. 진호는 권태에서 벗어나기 위해 철현들의 지혜에 귀 기울이는 것이다. 권태는 두려운 것이다. 하여간 진호는 약간의 따분함과 권태를 느끼며 봄을 맞이하고 있다.

그러나 시간은 흘러간다. 시간이 문제를 해결해 준다. 부처님은 삶의 지혜를 주시고, 예수님은 삶의 고난에 구원을 주신다. 사람들은 왜 이리도 철현들의 지혜에 목말라 하는가? 진호는 젊다. 진호는 본분이 학생인 만큼 공부에 매진했다. 그럴 때마다 권태가 다가오면 다시 공부에 몰두하여 권태를 물리쳤다.

82년, 대학생인 진호는 사회에 눈 뜨기 시작했고, 정치에도 관심을 가졌다.

대학 교정은 매일 최루탄 연기로 괴로운 장소가 되었다. 학교 정문의 나무들도 최루탄 연기에 의해 피폐되어 갔다. 정치와 사회에 눈 뜨기 시작했고, 대학생은 자유와 민주를 주장하고 나섰다. 대학 교정은 진리 탐구의 상아탑이 되어야 함에도, 사회 정치를 떠나 캠퍼스 생활은 존재할 수 없었다.

82년, 나름의 낭만이 있었고, 우리는 스스로 행복을 주장할 의무가 있었고, 행복을 만들어 창조해야 했고, 미래를 꿈꾸고 현실을 바꾸고자 노력했다.

여덟

남쪽에서는 벌써 벗꽃이 만개하여 축제를 이루고 있다. 진호는 젊은 시인이었다. 독일의 프라이부르고 대학에서 니이체를 전공하신 진호의 지도교수님은 진호를 훌륭한 시인 자질이 있다고 칭찬해 주셨다. 그리고 지성의 향상을 위해 힘쓰라고 말씀해 주셨다. 진호는 대학 도서관에 진열되어 있는 신문대에서 열심히 신문을 읽었지만 현실을 똑바로 아직 눈뜨지 못했다.

봄의 캠퍼스는 활기찼다. 돌아가신 지 이제 2개월이 지난 아버지는 생전에 진호의 철학과 입학을 마음에 들어 하지 않았다, 진호는 문학도였다. 문학 예술을 하고 싶었고, 시인이 되고 싶었다. 문학은 세상 사람들이 살아가는 재미있고 흥미로운 이야기이며, 인간이 만들어낼 수 있는 가장 흥미진진한 이야기인 것이다.

인간은 문학하는 존재인 것이다. 예술은 현실의 인간의 삶을 더 풍요롭게 하는 것이다. 문학은 인간의 창작물이고 창조물인 만큼 인간의 손에 의해 만들어진다.

진호의 아버지는 농부였지만 한학과 신식학문을 공부한 분이셨다. 진호의 아버지는 진호가 재물(돈)을 모을 수 있는 미래가 되기를 바라셨다. 문학이나 철학을 해서 돈이 될 수 없다고 하셨다. 그리고 당시에도 철학과 학생은 부유한 집안의 자제들만이 다닌다고 하였다. 그렇다고 진호의 집안이 부유한 집안도 아니었다.

진호의 아버지는 일제시대 징용에 징집되었고, 6.25전쟁에 참전하셨다. 한국 역사의 산증인이었고 가난과 역경을 견디셨다. 그래서 재물(돈)이 중요하다고 하셨다.

그렇게 아버지는 돌아가셨고, 진호는 아버지의 장례 부조금으로 등록금을 낼 수 있었다. 진호의 아버지는 돌아가시며 진호의 앞날을 축복해 주셨다. 진호가 청년이 된 만큼 스스로 앞날을 개척하고 성장해 가야 했던 것이고 아버지는 진호를 믿고 축복해 주시며 세상을 떠나셨다.

진호는 상상력이 풍부한 사람이었다. 진호의 상상력은 어머니에게서 물려 받은 것이다. 진호는 상상력, 종합능력, 결단력, 추상력이 있었다.

계절은 소리도 없이 변화하고 움직인다. 낮인가 했더니 밤이고, 밤인가 했더니 새벽이 오고 낮이 온다. '젊어서 고생은 사서도 한다'고 했다. 인생에서 인내를 배우게 되는 것이다.

진호는 열심히 공부했지만, 대학에서는 배울 것이 많았다. 모두 세상을 살아가는데 필요한 교양과목이고, 전공수업이었다. 노력이 필요했다. 모두 큰 노력을 요구하는, 정진이 필요한 일이었다. 진호는 시를 썼다. 진호는 고교시절 교과서의 한국 시들을 외웠으며 세계의 명시, 한국의 명시, 동양의 명시들을 읽고 외웠다.

또 우리 나라의 고시들을 읽고 외웠으며 큰 소리로 암송했다. 외국의 시인들은 타고르, 헤세, 푸쉬킨, 괴테를 읽었고, 우리 나라의 시인들은 소월, 윤동주, 박목월, 백석, 정지용을 읽었다. 또 두보의 시를 읽었고, 정약용의 시를 읽었다.

그러나 아직도 진호는 자신만의 시 스타일을 정립하지 못했고, 한국 시의 전통과 맥락을 이어 자신의 시를 써야 했다.

아홉

진해의 벚꽃 축제가 4월 1일부터 10일까지 열흘간 시작되었다. 구례의 섬진강 벚꽃 축제도 시작되었다. 진호는 여자에 대해 생각했다. 남자인 진호는 여자에 대해 알기 어려웠다. 다만 철학과 여학생들을 보며 모두 열심히 공부하고 있었다.

문제는 진호가 여자를 특별한 존재로 생각하는데 있었고, 신비롭게 보는게 문제였다. 물론 진호가 어려서부터 여자에 대해 특별히 생각한 것은 아니었다.

다만, 사춘기를 지나 청년이 되며 여자에 대해 특별히 호기심이 생기며 여자를 우상화했다. 마치 시인 단테가 베아트리체를 우상화하여 신곡을 집필했듯, 젊은 시인이었던 진호는 베아트리체처럼 자신의 문학속에서 우상화하려 했고, 낭만주의 시인들처럼 우상화하려는 생각이 문제였다. 물론 우상화가 나쁜 것은 아니다. 다만 여자도 남자와 똑같이 먹고 마시고 잠자고 꿈꾸고 웃고 우는 존재였던 것이다. 인간적 존재였던 것이다.

오히려 여자나 남자나 부처님의 가르침 앞에 서야 하는 중생인 것이다. 니이체, 미켈란젤로, 칸트, 베토벤, 브람스, 뉴우튼, 다빈치도 독신으로 살았고, 예수님도 부처님도 독신으로 살았다. 예수님을 따르는 신부나 수녀도 독신이고, 부처님을 따르는 스님도 독신이다.

이렇듯 여자는 남자에게 가까이 하기에 조심스러운 존재인 것이다. 결혼은 어려운 문제라는 것을, 유일한 삶의 방법도 아니라는 것이다. 인간의 성은 성경에서 원죄로 다루듯 성은 문제의 시작이고, 남녀의 죄의 시작인 것이다.

진호여! 그대는 평범한 남자이니 죄에 허덕이는 원죄를 지닌 죄인이니 구원받으라. 예수님께서 한 말이다.

많은 사람들은 세상을 살아가는 방법으로 독신을 선택한다. 그렇게 시간이 흘러가며 진호는 학업에 열중했다. 학업, 친구들, 정치와 사회, 돈(아르바이트), 동아리 활동, 여행, 젊은이의 고뇌 속에서 시간은 하루 하루 흘러갔다.

전두환 정권 퇴진 운동은 국민 투표에 의해 떳떳이 대통령이 된 사람이 아니라는 것이다.

전두환 정권 퇴진 운동, 군부독재 타도 등 민주주의 요구로 학생과 정권은 최루탄 싸움을 했고 진호는 젊었다.

조국의 민주주의를 위해 싸워야 했다. 진호는 선두에 선 학생은 아니었지만 현실을 외면할 수 없었다.

그러나 현실 속에서 누가 나의 행복을 만들어 주지 않는다. 행복은 내가 만들고 내가 행복의 창조자인 것이다. 누구 때문에 불행하지도 않다.

사람이 세상을 한평생 산다는 것은 어려운 일이고 힘겨운 것이다. 인내하고 인내해야 한다.

열

진호의 고뇌는 21살에 처음으로 창녀에게 다녀온 후로 여학생들의 눈을 똑바로 쳐다 보지 못하는 것이다. 죄를 지은 것 같고 부끄러웠던 것이다. 물론 진호는 떳떳해야 했음에도 남자로서 자연스러운 것임에도 진호는 마음속의 순결한 느낌이 들지 않았던 것이다.

하지만 여자에 대한 경험은 고뇌에 시작이었고, 쾌락 뒤에는 돈의 문제와 한 번 빠진 쾌락은 권태를 느낄 때마다 쾌락을 찾게 되었던 것이다. 그러한 점은 진호의 인생에서 오래도록 괴롭힌 부끄러운 과거를 만들었다.

정말로 버어튼의 『연애 병리학』을 보면 사랑을 병리로 보았고, 사랑은 그 무엇도 하게 하는 것이다. 그것이 문제였다. 물론 동정이나 순결을 지킨 사람보다 못하거나 열등하거나 불결한 것은 아니었으나 마음의 평강을 누리지 못하고 끊임없이 괴로웠던 것이다. 진호의 사춘기부터 30년이 지나서야 평강은 누릴 수 있었던 것은 그 시절이 얼마나 고뇌의 연속이었던가? 욕망의 허덕이던가? 생각하면 진호의 봄, 인생은 과연 제일 좋은 시절이었던가 묻게 되는 것이다.

진호의 인생이 늦은 시점에서 평강을 누리고 욕망에서 벗어날 수 있었던 것은 진호가 청년시절 생각할 수 있었겠는가? 진호는 봄날부터 청빈, 정결, 순명을 생각하고 몸과 마음을 닦는 수도자의 인생의 길을 따랐다면 좀더 바람직한 인생의 길을 따랐다면 좀더 바람직한 인생의 길이 아니었을까? 생각하는 것이다.

진호는 너무나 왕성한 성적 에너지를 지니고 있었다. 이 여자에 대한 욕망이 평생 계속된다는 것을 알았다면 젊어서 좀더 절제하고 순결을 지켰을 것이다. 이 욕망은 평생을 괴로워해야 할 운명인 것이다. 하느님은 이 미천한 인간을 애처로이 사랑하고 계신 것을, 행복하기를 원하고 계신 것을,

하느님이 보시기에 '참 좋았다' 고 하실 것을!

애처로운 진호여! 진정 승리자가 되려거든 굳센 믿음을 가져라. 그 믿음이 너의 보루이고 성이고 너를 지켜줄 것이다. 차라리 이 욕망의 도시를 떠나 고독하게 가난하게 기도하며 살아가라.

열 하나

계절은 하루 하루 빠르게 흘러간다. 진호는 덧없는 인생의 시간을 빼앗기고 있다. 하루는 순식간에 지나간다. 정말로 허무하고 허무한 것이다. 진호는 허무속에서 보람을 찾으려 몸부림치지만, 무엇도 찾을 수 없었다.

봄바람 난 처녀의 뒤를 쫓듯 암컷은 냄새를 풍기며 유혹의 덫을 놓는다. 이처럼 되풀이 되는 인생의 봄은 소리쳐 진호를 부른다. 일상에서 벗어나 자유의 날개를 펴라고 말이다.

진호는 얼굴을 책상에 묻고 책상에서 헤어나려 몸부림치지만 칠수록 책상에 얽매이는 것이다. 아침이면 힘차게 하루를 시작하지만 벗어날 수 없는 일상은, 벗어날 수 없는 젊음은 또 욕망에 허덕이게 되는 것이다. 고독한 진호는 욕망에서 벗어날 수 없었다. 봄바람은 젊은이의 가슴에 두려운 폭풍인 것이다. 끊임없이 방황하는 진호는 안식이 필요했다.

하느님은 진호를 이끄셨다. 그러나 하느님은 진호를 내버려 두셨다. 자유 의지를 주셨고, 자유와 방종에 던져 놓으셨다. 진호에게는 힘이 필요했다. 싸움이 필요했다. 진호는 미친 바람둥이였다. 진호가 봄에 빠진 것인지? 봄이 진호를 빠뜨린 것인지? 헤어날 수 없는 자유와 방종은 봄의 괴로움이었다.

젊은 날의 진호는 일에 열정을 불태워야 했다. 공부는 하면 할수록 끝이 없었고 진호에게는 젊은 날뿐 아니라 일생을 통해 일과 열정과 에너지를 쏟을 대상이 필요했다. 이 세상은 혼자 사는 세상이 아니다. 함께 사는 세상이다.

선비는 여자를 숙녀로 어머니로 보아야 했다. 선비는 시작도 끝도 선비이다. 선비의 지조만은 지켜야 한다. 인생의 길은 끝이 없다. 가야 할 길은 멀고 앞날은 아득하다. 벗이 있어 동행할 수 있다면 행복한 사람이다.

열 둘

진호는 친구들이 있었지만 대학 생활에서 혼자 있는 시간을 즐겼다. 친구들은 진호에게 호기심이 많았다. 진호를 알고 싶어했다. 진호는 자신에게 비밀을 지니기를 바랐고, 어느 정도 비밀을 간직해 두려고 했다.

특히 여학생들은 진호에게 호기심이 많았다. 그러나 진호는 여학생 누구에게도 가까이 다가가지 않았다. 여학생들에게 거리를 두었다. 그렇게 하루 하루 신입생 시절은 지나갔다.

그 시절 대학 교내에서는 광주 민주화 운동의 진상이 게재되었다, 진호는 경악하지 않을 수 없었다. 사진 속에는 온갖 악행이 그대로 드러났다. 있어서는 안될, 있을 수 없는 일이 일어난 것이다. 세상은 혼란스러웠다, 전쟁, 국가와 국가의 전쟁은 자국의 질서와 안정을 유지하기 위한 싸움이다.

전쟁은 막을 수 없는 것이고, 이것은 역사가 증명하는 것이다. 평화는 좋은 것이지만 평화가 지속되면 반드시 전쟁이 일어난다. 이는 개인과 개인에서 보게 되는 개인과 개인은 곧 국가와 국가이기 때문에 전쟁은 일어난다.

세상은 태평성세가 있을 수 있다. 그러나 태평성세는 계속될 수 없다. 인간 사회 개인과 개인에게서 드러나는 힘이 행사되고, 무력이 행사된다. 세상은 살기 위해 불법을 저지

른다. 전쟁은 무법상태이다.

소크라테스가 성인인 것은 '악법도 법이다' 고 법을 지키고 법의 독배를 들이켰기 때문이다. 법이 잘 지켜지는 사회는 질서를 유지하고 태평을 누릴 수 있다. 진호는 세상을 알아갈수록 혼란스러웠다, 진호의 육체는 건강해졌고, 정신은 성숙해 갔다.

건강한 남자에게 여자는 싸움의 시작이다. 자살도, 전쟁도, 돈의 필요성도 여자에게서 비롯되는 경우가 많다. 세상은 복잡하고 깊고 간단하지 않다. 젊은 진호는 고뇌하지 않을 수 없었다.

열 셋

세상은 봄꽃 축제가 벌어졌는데, 지금 빗방울이 떨어지고 있다. 진호는 조금 우울한 마음이다. 초등학교 시절이 생각난다. 봄날이었던 것 같은데 소년 진호는 몸이 아파 학교를 가지 못했다, 그날 어머니의 보살핌을 받으며 안방 따뜻한 곳에 누워서 보낸 시간이 생각난다. 그날 학교를 가지 않고 게으름이 유난히 행복했던 추억이 떠오른다.

소년 진호는 성실했다. 항상 학교를 가지 않는다는 것은 생각할 수 없었다. 본분이었기 때문이다. 진호의 배움에 대한 열의는 평생 지속 되었다. 무엇이든 배우는 능력이 있었다. 그것은 무엇보다 큰 능력이었다.

'배우고 익하면 이 또한 즐겁지 아니한가!' 공자님의 말씀 그대로 였다. 진호는 행복한 가정에서 자랐다. 위로 형이 셋, 누이 둘, 어머니, 아버지, 모두 부족함 없는 가정에서 진호는 살았다. 초등학교 때 학교를 그만 둔 셋째 형은 집에서 농사일을 했는데 동생 진호를 어린 공자, 어린 유생으로서 그 후 대학생이 된 진호를 유난히 아꼈고, 부러워했고 흠모했다.

부모님도 누이도 큰 기대를 거는 꿈나무였다. 그런 진호는 가문의 영광이었고 스스로를 자랑스러워 했다. 진호는 자신을 특별히 생각했다. 진호는 유난히 똑똑한 것은 아니었지만 영리했다. 영리함과 지혜는 어린 진호의 동무들과의 거리의 놀이에서 배웠고 익혔다.

소년 진호는 힘이었다. 싸움도 그칠 날이 없어 얼굴이 성할 날이 없었다. 아주 경쟁적이었다. 그런 진호는 고독함도 지닌 소년이었다. 물론 착하고 천진했던 어린 진호는 행복을 느꼈다. 진호는 학교에서보다 학교 밖에서 더 많은 것을 배웠고 경험했다. 진호의 곁에는 친한 친구가 있었다.

진호는 열심이고 부지런한 학생이었다. 독일어를 완성했다고 자부하던 니이체는 56세에 죽었다.

진호는 초등학교 1학년에 한글을 익혔다. 진호가 지금까지 가장 자신이 있는 한글. 한글로 쓴 글을 읽고 한글로 글을 쓴다. 한글은 한민족의 언어이다. 물론 말을 배운 것은 더 어려서이다. 진호는 한글이 가장 자신 있고, 한글로 운문을 쓰고 한글로 산문을 쓴다.

"배, 살구가 아무리 달더라도 어찌 노란 유자와 푸른 귤의 맑은 향기를 더할 수 있겠는가? 정말 그렇다. 아름답고 일찍 시드는 것은 담백하고, 오래가는 것만 못하고 일찍 빼어난 것은 늦게 이루는 것만 못하다."

열 넷

벚꽃이며, 살구꽃이며 봄꽃들이 이제 만개했다. 벚꽃이 담장을 형성했을 때 마치 겨울눈이 하이얗게 쌓인 듯 착각이 들고, 봄햇살 아래 진호의 가슴은 설렘으로 가득했다.

진호는 이렇게 봄이 익어갈 때 자유로운 마음은 마치 풀어 놓은 망아지같다고 할까? 젊음은 풋내가 나는 그리움으로 용기를 내고 싶고 무엇인가에 취하고 싶은 것이다.

정말로 무엇인가에 취하고 미쳐 보아야 하는 것이고, 햇살 아래 터진 듯 가슴이 부풀어 오르는 것이다.

아! 봄이여, 인생의 봄이여, 진호는 캠퍼스 안에서 세상속에서 마음껏 자유를 누리고 싶었고, 자유에 취하면 취할수록 필연에 사로잡혀 끝없는 선택의 기로에 서는 것이다.

진호는 아직까지 운명애를 느끼지 못했고. 운명은 극복할 수 있으며 운명에 사로잡히기 보다 자유로운 선택의 기로에서 나름으로 노력을 경주하고 부지런히 발걸음을 옮기는 것이다.

물론 진호는 필연에 사로잡힌 몸이지만 자유로 자유의지로 극복할 수 있다고 믿었고 현실에 만족하며 즐기며 그러면 그럴수록 자유는 무엇이든 가능하다고 믿었다.

진호의 대학 신입생 생활은 설익은 풋과일 같았다. 진호는 성장하며 사랑을 알아야 했다. 남자의 사랑, 아버지의 사랑, 아가페적인 이웃 사랑, 어머니의 모성의 사랑이 진호의 가슴에 심어져 불타오르고 살아나야 했다.

세상에 대한 사랑을 지녀야 했다. 젊은 진호는 고뇌가 부족했다. 그러한 진호가 어느 날 군대에서 휴가를 나와 성당에 들른 적이 있었다. 그곳에서 수도자, 수도원이 눈에 띄었고 청빈, 정결, 순명의 수도자 생활이 마음에 새겨왔다.

진호의 마음에 수도원은 떠나지 않았다. 물론 고교시절 가톨릭 학생회에 활동하며 친하게 지내던 김찬수는 일찍이 사제가 되기로 결심하고 신학교에 갈 것이며, 사제가 되어 로마에 꼭 가보고 싶다고 진호에게 말했다.

그러나 진호는 문학도였고 철학과에 진학했다. 그당시 대모님께 말씀드렸을 때 하느님의 뜻이라면 따라야 한다고 말씀하셨다. 후에 끝내 수도자의 길을 가지는 못했지만, 하느님의 인도대로 이끄시는 대로 따라야 했다.

나중에 진호가 '샤갈을 좋아하던 여인'을 만났을 때 그 여인은 진호가 세상속으로 나가 세상의 전사가 되기를 바랐다. 수도자가 되는 길을 바라지 않았다.

샤갈을 좋아했던 여인은 진호를 좋아했다. 그 여인은 진호보다 연상의 여인이며 후에 레스토랑을 경영했다. 적극적으로 세상에 맞섰던 여인이었다.

열 다섯

진호는 이제 직업군인은 아니지만 병역의무를 수행하기 위해 해군의 지원 입대하게 된다. 군인이 된 것이다. 아들이 셋이면 그중 하나는 군인으로 만들라는 말이 있다. 남자가 군인이 된다는 것은 영예로운 일이다.

평화 시대이니 전쟁터에 나가서 싸우지는 않지만 군인은 유사시 전쟁 발발에 대비해서 전쟁이 발발하면 나가서 조국을 위해 목숨을 걸고 싸워야 한다.

전쟁터는 남자와 남자, 적군과 아군의 싸움인 것이다. 전쟁터에서는 용기있는 자만이 승리하게 된다, 전쟁터에서 죽는다는 것은 명예로운 죽음으로 생각하였다.

진호는 군번을 교부받았다. '3145120' 군번이 새겨진 목걸이를 목에 걸어야 한다.

그리고 총쏘는 법, 총검술, 태권도 훈련을 받는다. 남자들의 세계에서 싸움이나 결투는 쉽게 벌어질 수 있기에 군대에서는 '명령체계' '계급사회' '선임후임' 이 엄격한 것이니, 유사시 전쟁터에서 상사의 명령에 불복종 시 사살할 수 있게 허용된 것이 군대이다. 그만큼 군대는 명령에 살고 명령에 죽는다고 사기가 중요한 것이다.

안중근 의사는 군인이었다. '위국헌신군인본분' 이토오 히로부미를 사살한 안중근 의사는 사람을 죽인다는 것에 대해 생각했다. '사람이 사람을 죽일 수 있는가?' 의 문제는 전쟁터에서 만은 군인은 적을 죽일 수 있다. 적이 죽지 않으면 내가 죽는다. 이것이 전쟁터이다.

전쟁터에서는 적이 죽으면 내가 살고, 내가 죽으면 적이 사는 곳이며 남자인 진호는 무엇을 선택하고 행동할 것인가?

젊은 진호는 22살의 군인이었다. 장애인이나 병이 있는 사람은 군에 갈 수 없고 그만큼 정예의 군대인 것이다. 가톨릭 신부는 총을 들고 싸우지 않는다. 대신 종군 사제가 될 수 있다. 진호는 대한민국의 건강한 남자, 정예 해군이다.

고속정은 바다에서 거센 파도속에서 전투를 수행해야 한다. 하여간 군인으로서 남자들만의 세계를 경험하게 되는 것이다. 그 남자의 세계는 직업도, 출신도, 모두 다른 다양한 사람들의 세계였다. 군에서는 훈련을 해야 하고, 훈련도 실전처럼 해야 하는 긴장의 연속이었다.

군생활은, 전쟁터는 낭만이 아니다. 군에서는 수단과 방법을 가리지 않고 해내야 했고, 또 군인은 흔적을 남기지 말아야 한다. 그것이 남자의 세계이고 군인인 것이다.

열 여섯

군에서 전역한 진호는 24살이 되었다. 진호는 한층 성숙해져 군에서 돌아왔다. 그사이 세상이 변한 것은 없었다. 남자들의 세계를 경험한 진호는 이제 좀더 두려울 것이 없었다. 군생활 3년 동안 진호는 여자를 대하지 않았고, 특별히 생각하는 여자도 없었다. 여전히 여자는 호기심의 대상이었고, 그리워 하는 존재였다.

진호는 씩씩하게 살아왔고, 건강했다. 군생활 중 긴장은 한순간도 떠나지 않았다.

진호는 군에서 많은 구타를 경험했다. 군에서 구타는 군대라는 세계를 유지하기 위해 거의 필연적이었고, 한국 군대만의 일도 아니다. 구타는 한편으로 고통스런 경험이지만, 먼저 명예심의 손상, 수치심이 더 큰 것이었다.

진호는 몸 건강히 무사히 어려움을 이겨내고, 병장으로 전역한다. 사령관은 진호의 전역을 축하해 주며 앞날의 무궁한 영광을 빌어 주었다.

인생의 시간은 흘러흘러 가고, 진호는 한층 세상에 대한 자신감도 생겼다. 군에서 돌아온 진호는 몸과 마음이 좀더 살쪄 있었다. 물론 진호는 20년간 살아오며 부딪힌 남자의 세계와 군대의 남자의 세계가 다른 것은 아니었다. 아버지, 형, 친구, 동생이었다.

다만 군대는 규칙적으로 먹고 자고 훈련하고 그렇게 시간을 보냈다. 다시 봄이 찾아왔다. 대학은 학업에 데모에 바쁘게 지속되었다. 대학 새내기의 설렘은 이제 없었다. 이제 다시 복학하며 더 긴장되었다.

대학 생활의 낭만은 점점 줄어 들었다. 철학과 학생은 현실을 개척해 나가야 했다. 어떤 직업이 결정되지 않았다.

가난한 농부의 아들로 태어난 진호는 현실의 걱정이 쌓여갔다.

어느 학과 어느 학생은 사법고시, 행정고시에 합격했고, 어느 학생은 공무원 시험에 합격했다는 프랭카드가 학교 교정에 내걸렸다. 학생들에게 자신감과 희망을 불어넣어 열심히 공부하도록 자극을 주려는 것이다.

진호는 특별한 계획없이 생활했다. 그러나 가톨릭 신자로서 신앙 생활은 열심히 했다. 철학과 학생들은 현실 비판능력, 지식의 향상, 가치관과 세계관의 확립, 교수님과 학생들의 연대 관계를 유지하며 성장해 갔다.

문학 지망생인 진호는 영문과에서 세익스피어를 들었고, 국문과에서 한국시를 공부했다. 진호는 글쓰는 작업에서도 뚜렷한 두각을 나타낸 것은 아니었다.

재주가 많건 적건 하여간 진호는 문학도로서 한발 한발 성장해 갔다. 좋은 글을 쓰기 위해 노력했고, 수많은 습작을 했다.

열 일곱

　행복했던 유소년, 사춘기 시절은 영원히 흘러가 다시는 돌아오지 않는다. 진호의 인생에서 가장 행복했던 시절은 가버렸다. 돌이켜 보면 행복했던 시절의 추억으로 기억으로 사는 것이 아닐까? 천진난만함으로, 순수함으로, 아름다움으로, 부모님의 사랑으로, 젊음으로, 꿈으로 말이다. 그것들이 그 자체로 행복인 것이다. 그것들이 멀어지면 행복도 멀어지는 것이다. 또 너무나 행복한 것은 슬픈 것이다.

　진호의 행복한 시절은 기억 속에 깊이 아로새겨져 있다. 그러나 행복하지 않아도 인생은 명이 다할 때까지 살아야 한다.

　인생의 사명, 하느님이 주신 생의 의미를 알아 마지막 까지 최선을 다해야 한다. 외로워도, 고독해도, 힘들어도, 괴로워도, 아파도 씩씩하게 인생의 길을 걸어가야 한다. 인생을 씩씩하게 살아가야 한다.

　고통이 다하면 환희가 오고, 절망이 깊으면 희망이 솟는다. 24살의 진호는 젊다. 아름답다. 피가 뜨겁다. 물론 진호는 경쟁하며 살아왔고, 누구에게 뒤지려 하지 않았다.

　진호는 젊은 시인이었다.

진호는 힘을 내세우며 작용할 때 반작용을 느꼈다. 부딪히면 열이 발생하고 힘이 솟구친다. 싸움인 것이다. 싸움은 힘을 지닌 자가 이긴다.

열 여덟

라일락도 활짝 피었다. 모란도 향기를 내뿜으며 활짝 피었다. 진호의 대학 생활은 어느 덧 흘러 28세, 졸업할 시간이 되었다. 결혼도 생각해야 할 나이가 되었지만 진호에게는 그럴 겨를이 없었다.

어느 덧 인생의 봄을 지나 초여름에 들어선다. 이제부터 17년간 진호에게는 혹독한 시련이 시작되었다. 17년간 여섯 번의 정신병원 입퇴원이 시작된 것이다.

1989년 '로만쎄'를 많이 읽어 정신이 살짝 돌았던 돈키호테가 된 것이다. 진호가 말이다. 돈키호테가 이제 다시 정상으로 돌아와 알론소 키하노임을 인정한 때는 진호가 43세가 되었을 때였다. 인생의 계절을 혹독하게 아니 행복하게 보낸 것이다. 그러나 그 시절 창작을 할 때만은 정신이 정상으로 돌아왔다가 다시 살짝 정신이 돌았던 돈키호테가 되는 것이다.

그 17년간 가장 왕성한 창작을 했다는 것은 알 수 없는 아이러니이다. 정신이 살짝 돌았던 돈키호테의 산초와의 대화는 돈키호테가 정상적인 사람임과 같은 것이다.

그러나 창작이 끝나면 다시 거대한 풍차에 무모하게 칼을 빼들고 달려 드는 것이다. 그것이 진호였다. 정말로 진지한 사람에게 인생은 진지한 것이다. 그 시절 진호는 정신적으로 겪을 수 있는 가장 큰 고통을 겪었다. 그 고통은 정신상의 문제였다. 그것은 두려운 것이다. 인간의 정신이 받을 수 있는 큰 고통이었다. 마치 예수님이 십자가에 못 박혀 당하는 고통처럼 말이다.

철학 교수는 명철했다. 니체를 전공하고 프라이브르그 대학에서 박사학위를 받은 교수였다. 교수는 윤리학을 가르치셨다. 게으름과 불공정은 싫어하고 힘에의 의지로 넘치는 교수는 독실한 기독교 신자였다. 독실한 기독교인은 니체에 매료되었다. 이 아폴로적인 철학자는 고독하게 싸웠다. 진호는 인간 정신의 무서움을 교수에게 발견했다.

이 교수를 숭배하던 진호는 정신상의 문제가 있었다. 니체의 작품은 진호에게 두려움을 느끼게 했다. 이 윤리학 교수를 진호는 싸움의 대상으로 삼았고, 숭배의 대상으로 삼았고, 존경의 대상으로 삼았고, 경쟁의 대상으로 삼았다. 진호의 정신병이었다. 이 윤리학 교수는 대학생들에게 니체를 가르쳤고, 차세대 지도자인 대학생들을 통해 니체를 실현하려 했다.

니체는 인과응보의 철학자였다. 교수는 잘못에 대해 냉혹했다. 히틀러는 이 독일 철학자를 잘못 해석했다는 것이다. 하여간 교수와의 싸움은 진호에게 왜 시작되었을까? 물론 교수에 대한 존경에서 시작되었다.

'그대의 운명을 사랑하라' 니체의 부르짖음인 것이다. 이 힘에의 의지, 초인, 영원회귀를 부르짖는 철학자는 호기심의 대상이었다. 사람을 미혹하는 힘이 있는 것이다. 남자는 자신의 중심을 소중히 간직해야 한다.

자신의 중심을 잘못 간직할 때 진호와 같은 고통을 겪는다. 남자의 중심은 남자의 성을 말한다. 남자의 자위, 방탕, 성폭력, 치한 등 남자의 중심을 잘 간직하지 못하면 고통의 시작인 것이다.

부처님의 바름, 정(正)은 그래서 중요한 것이다. 정견, 정사유, 정어, 정업, 정명, 정정진, 정념, 정진, 이 팔정도는 너무나도 남자에게 중요한 것이다.

열 아홉

진호의 나이 29세가 되었다. 신록의 계절 5월이 된 것이다. 그러나 이렇게 좋은 계절, 인생의 시절은 진호의 싸움의 시작이었다. 기득권과의, 권위와의, 권력과의 힘의 싸움이었다. 돈키호테는 둘씨아나 데 도보소, 이 여인을 사랑했고 우상으로 삼았다면, 진호는 한 여 은행원을 사랑했다.

청주의 본정통 제일은행에 들렀다가 얼굴이 하이얗고, 둥그렇고, 검은 점이 나 있는 이 아름답고 젊은 여인을 사랑하게 된 것이다.

진호는 대학교 4년 졸업반이었다. 졸업 논문을 쓰고 있었고, 프랑스의 철학자 「사르트르에 있어서의 자유의 문제」였다. 이 논문을 쓰기 위해 헤겔, 니체, 도스토예프스키를 연구했고, 까뮈, 야스퍼스, 하이데커, 키예르게고르, 실존 철학자들의 자유의 문제를 공부했다.

또 졸업 후 취업 준비도 해야 하고, 진호의 몸은 몇 개라도 모자랐다. 지도 교수님은 윤리학 교수였다. 성당의 신앙생활도 힘에 겨웠다. 돈보스코 신부님은 청주의 무심천변의 사직동 성당이었다. 돈보스코 신부님은 공동체를 지도하고 묶는 카리스마가 있었고, 어린이들을 사랑하시고, 잘 통솔

하셨다. 미사가 끝나면 제대에 무릎을 꿇고 기도하시고, 신자 한 사람 한 사람에게 인사를 건네셨다.

진호는 돈보스코 신부님만을 존경했고, 때로는 싸움을 시작했다. 진호는 여 은행원을 짝사랑했다. 돈보스코 신부님은 "요한, 병원 좀 가봐." 하고 괴로워하는 진호를 안타깝게 보시며, 성모님의 위로를 주셨다. "요한, 성모님께 의지해." 하고 말하셨다.

눈을 뜨고 있어 아름다움을 볼 수 있고, 건강해서 사랑할 수 있고, 아름다움을 사랑하는 것은 사람의 천성이 아닌가? 진호는 이 아름다움을 혼자만 소유할 수는 없었다. 이 아름다운 여인은 만인의 사랑을 받아야 했다. 진호는 행복했다.

당시 노태우 대통령은 권력의 정점에 있었고 진호는 노태우 대통령과 싸움을 선언했다.

진호의 젊음의 성장의 몸부림이었다. 어머니는 진호의 고뇌를 간파하셨다. 어머니는 고뇌하셨다. 막내아들 진호 때문이었다. 어머니는 어떤 결단을 내리셔야 했다.

스물

빨간 넝쿨장미가 피어났고, 5월의 장미도 피어났다. 진호의 인생은 5월이 시작되는 지점에 와 있었다. 진호의 가슴은 뜨거웠다. 그날도 진호는 학교에서 논문 준비를 하다가 집으로 돌아오는 길이었다. 집 근처에는 앰블런스가 대기하고 있었다.

진호는 큰형을 보았다. 그리고 이모부, 건장한 남자가 학교에서 돌아오는 진호를 강제로 앰블런스에 태웠다. 진호를 태운 앰블런스는 사이렌 소리를 울리며 달렸다. 마음이 어린 진호는 두려웠다. 순식간의 일이었기 때문이다. 달리는 앰블런스 속에서 진호는 생각했다.

당시 노태우 대통령이 문란한 성에 빠져 있는 진호를 생매장시키라고 공무원이었던 형에게 지시했다는 것이다. 진호는 두려웠다. 그 상황은 어머니만이 구원해 줄 수 있을 것 같았다. 진호는 어머니를 불렀다.

진호의 가슴은 뜨거웠지만 마음은 어린 것이었다. 마음이 어리석었다. 청주에서 출발한 앰블런스는 경기도 이천의 보건소 앞에 당도했다. 그리고 보건소 정신과 의사와 잠시 상담이 이루어졌다.

진호는 이제 약간 마음이 진정되어 형이 사다준 빵과 우유를 먹었다. 이제 진호를 태운 앰블런스는 서울로 향했다. 서울의 한적한 한 골목에 도달해 사내들은 진호를 으슥한

지하로 데려갔다.

그곳 지하 방에는 한 남자가 있었고, 번득이는 가위와 칼, 그리고 긴 침이 놓여 있었다. 진호는 강압적인 힘에 움직일 수 없었다. 진호는 이제 이런 생각이 드는 것이다. 노태우 대통령이 문란한 성에 빠져 있던 진호의 남성을 거세해 버리라는 것이었다.

잠시 후 남자는 진호에게 긴 침을 놓았다. 모든 것은 어머니 결정에 달렸다. 어머니가 살릴 수 있고 죽일 수 있다. 그날 밤 형 집에서 잠이 든 진호는 다음날 중곡동 정신병원에 입원했다. 의사는 진호를 정신분열증이라 진단했다. 정신병원의 철문은 닫혔다.

어린 마음의, 어리석은 마음의 진호의 잘못된 생각이 문제였다. 정신병원에 입원하기 며칠 전이었다. 어머니께서 어디서 수소문하여 이상한 색의 가루약을 가지고 오셨다. 진호의 불안을 감지하시고 어머니게서 안정제는 구해 오셨다. 그리고 그 약을 진호에게 먹으라고 하셨다. 그러나 이번에 진호에게 이런 생각이 드는 것이다. 가문의 명예를 손상시킨 막내아들에게 독약을 먹으라고 하셨다.

진호는 그 약을 먹으면 죽는 사약이라는 생각이 들었다. 이는 진호의 잘못된 생각이었다. 진호는 죽을 준비가 되어 있지 않았고 죽고 싶지 않았다. 진호는 약을 먹지 않았다. 중곡동 국립 정신병원의 문은 꽝 하고 닫혔다.

정신병원에는 흰 환자복을 입은 사람들이 모여 있고, 왔다갔다 했다. 진호는 이제 조금 마음이 안정되었다. 진호의 생각의 문제였고, 자의식의 문제였다. 그러나 시간이 지나며 활동적이던 진호는 답답함을 느꼈고, 학생의 본분을 생각했다. 생각이 떠오른다고 모든 것이 생각이 아니었다. 통제하고 제어해야 했다. 부처의 정사유가 되어야 했다.

진호의 인생에서 처음으로 어머니를 의심했다. 가장 자신에게서 신뢰해야 할 어머니를 의심했다. 의심했다기보다 잘못된 생각이었다. 가문의 명예를 손상시켰으니 죽으라고 하셨다고 생각했다. 어머니에 대한 의심이었다.

스물 하나

장미가 피었고, 백합이 향기를 내뿜으며 활짝 피었고, 배롱나무꽃이 피기 시작했다.

29세의 어느 가을 날, 대학 졸업반이었던 진호는 물든 낙엽이 떨어져 바람에 휘날릴 때 가슴이 찢어졌다. 너무나 슬퍼 정령들이 윙윙거리며 진호의 가슴을 울리는 것 같았다.

가슴이 찢어졌고, 슬퍼 가슴이 허허로웠고, 왜 그리 가슴이 아팠는지 모르겠다. 그러더니 드디어 정신병원에 입원하게 된 것이다.

진호는 인생의 지옥을 경험한다.

"우리 인생길의 한 중간에 나는 올바른 길을 잃어버렸기에 어두운 숲속에서 헤매이고 있었다.""슬픔의 나라로 가고자 하는 자 나를 거쳐 가리라. 영원한 가책을 만나고자 하는 자, 나를 거쳐 가리라. 파멸한 사람들에게 끼이고자 하는 자, 나를 거쳐 가거라." 단테의 지옥편의 서곡이다. 진호는 건강한 남자였지만, 건전한 사람이 아니었다. 이 불건전함이 진호를 지옥에 빠뜨렸다.

진호는 대학을 졸업하고 경기도 안산의 어머니와 둘이 살게 되었다. 진호의 나이 29세. 어머니의 나이 66세였다. 그러나 진호는 곧 안산을 떠나 경기도 마석에서 2년, 구리시에서 4년을 살다 다시 안산으로 돌아왔다.

진호의 어머니는 진호 때문에 걱정이 컸다. 진호가 아직도 정신을 차리지 못하고 있기 때문이다. 진호는 지금까지 한곳에서 오래 일한 적이 없었다. 한곳에서 길게는 2년, 몇 개월, 몇주일의 일을 했다. 어머니의 보살핌과 기도가 없었다면 진호는 폐인이 될 수도 있었다.

진호는 정신분열의 환청까지 앓고 있었다. 호랑이에게 물려가도 정신만 차리면 산다고 정신을 바짝 차려야 했다. 한겨울의 새벽 공기를 마시듯, 천둥 번개의 정신이 깨어나듯 정신이 번쩍 들어야 했다.

진호는 본능적인 생각은 있었다. 말초적 본능적인 감각은 있었다. 그러나 불건전했다. 진호는 정신을 차려야 했다. 정신이 들기도 하지만 다시 말초적 감각에 빠졌다. 정신이 살짝 돌았던 진호는 완전히 미친 것은 아니었다. 오랜 정신병은 진호를 지치게 했다. 말그대로 악령에 시달리는 것이었다.

첫 단추를 바르게 끼워야 한다고 잘못 끼운 첫 단추는 계속적으로 어긋나게 되는 것이다. 인생의 봄에 첫 단추를 잘 끼워야 했던 것이다. 진호가 정신을 차리지 못하고 있는 것인지 세상이 진호를 불안하게 만드는 것인지 알 수 없었다. 세상은 빠른 속도로 변하고 있었다.

스물 둘

백합이 지고 무궁화꽃도 지고 있다. 장미는 아직도 아름다움을 뽐내고 있다. 1991년 세계는 자유민주주의와 공산

권으로 분리되어 있었는데 고르비의 1985년 소련 공산당 서기장 취임 후 페레스토로이카 즉 개편으로 개혁 정책을 실시하고, 1991년 드디어 소비에트 연방의 역사적 해체로 이어진다. 동구권의 공산주의는 해체된다.

그러나 그럼에도 불구하고 한반도는 긴장이 고조되었다. 북한의 지도자 김일성은 1994년 사망했는데, 그당시 김영삼 대통령과 남북 정상회담을 앞두고 있었던 시점이었다.

세상은 빠르게 변화하고 움직이고 있었다. 진호는 정신을 바짝 차려야 했다. 남한은 좌파, 우파로 갈리고, 좌파는 종북 빨갱이, 간첩 등으로 불리며 세상은 이데올로기에 희생되어 북한이란 집단 앞에 철저히 남한은 고립되어 세뇌되었고, 국가보안법이란 미명아래 국정원, 군 등이 철저히 남북을 갈라 놓고 있었다.

물론 김일성과 김영삼 대통령의 정상회담을 앞두고 있었지만 1972년 7 · 4 남북공동성명으로 통일과 관련하여 합의 발표한 공동성명이 있었다.

박정희는 중앙정보부장 이후락을 파견하여 자주 · 평화 · 민족대단결의 3대 통일 원칙을 제정한다. 그후 남한에서는 광주민주화운동이 일어났고, 그후 민주화의 바람이 있었지만, 남북문제만은 해방 이후, 6 · 25 전쟁 이후 조금도 진전

되지 않았다. 남한은 국가보안법, 국군기무사, 경찰이 철저한 반공 이데올로기를 펼쳤고, 남한은 고립된 섬으로, 북한은 공산체제로 고립되어 앞으로 나가야 했다.

민족의 해방의 길은 멀고 험했다. 해방 이후, 6 · 25전쟁 이후 오랜 이질화의 길을 걸었고, 천만 이산가족들은 대부분 운명을 달리하고 있다. 해방 후 이산가족들은 고향의 기억마저 희미해지고 있으며, 두 체제는 유지되며 두 국가로 통일운동을 펼치고 있으나 현실은 멀고 험한 과제를 안고 있다.

진호는 남한에서 태어나 자유민주주의 시장경제 속에서 자라왔다. 이 민족의 비극 앞에 진호는 정신을 바짝 차려야 했다. 민족의 해방, 통일은 한민족의 희망이다.

그러나 어려운 문제이고 민족의 중지를 모아야 하고, 지혜를 모아야 한다. 이제 진호는 일을 해서 돈을 벌어야 한다.

진호가 처음으로 돈을 벌어 본 것은 초등학교 5학년 때였다. 고구마밭의 고구마를 캐기 전의 고구마 줄기를 따서 단으로 묶는 일이었다. 그날 진호는 30단 정도의 고구마 줄기를 묶었고 2만원의 댓가를 받았다.

처음으로 내손으로 일해 돈을 벌었다. 열심히 일을 해서 처음으로 번 돈은 뿌듯한 느낌을 받았다. 돈벌기는 쉽지 않았고, 힘든 노동의 댓가였다. 그러나 내손으로 일해서 돈을 벌며 보람을 느꼈다. 그후 평생동안 진호는 노동의 댓가로 돈을 벌었다.

스물 셋

세상은 만만치 않았다. 힘겨운 날들이 버티고 있었다. 진호는 한 직장에 매이는 일은 없었고 항상 임시직에 승부를 걸었다. 진호는 많은 돈은 벌지는 못했지만 하루 하루 만족스러운 생활을 했다. 하나의 일이 끝나면 시간을 가지고 글을 썼다. 자유로운 시간을 가진 것이다.

그러나 임시직으로 일을 해도 신용과 책임감은 철저히 했다. 그러다 보니 직업에서 전문적인 일은 할 수 없었다. 물론 몸값은 업그레이드 하려 노력했다. 그러나 대부분 단순한 일들이었고, 단순한 일들은 힘겨운 노동을 요구했다. 그 대신 글을 쓰는 일은 프로가 되고자 했다. 그러나 진호에게 프로가 된다는 것은 어려운 일이었다. 오히려 영원한 아마추어가 오히려 진호와 가까웠다.

진호는 완벽을 추구하지 않으려 했다. 불완전한 모습이

진호의 모습이었다. 진호는 생각하는 것이다. 인생의 시간은 흘러간다. 종착지가 어디인지 알 수 없이 흘러흘러 간다. 진호는 지금껏 주위에서 수많은 죽음들을 보았지만, 자신의 죽음은 멀고 먼 훗날처럼 생각되는 것이다.

그러나 죽는 날까지 하늘이 내게 내린 지상의 사명을 다해야 한다. 진호는 인생의 시기마다 무엇인가에 광적으로 몰두했다. 무엇인가에 몰두할 때 자신은 성숙하게 자랐으며 인생의 만족을 느꼈다. 그것은 여인이기도 했고, 시인이기도 했고, 작가이기도 했다. 진호는 돈을 벌기 위해 일해야 했다. 그것이 사회생활이고 직업의 세계였다.

세상은 한 개인에게 무관심하고 냉혹했다. 세계라는 큰 수레바퀴, 국가라는 마차는 한 개인이 저항하면 바퀴에 깔려 버리는 것이다. 맹렬하게 돌아가는 수레바퀴는 어느 곳으로 향하는지 알 수 없이 돌아가고, 말을 모는 마부는 채찍을 가하는 것이다. 한 개인은 그 돌아가는 수레바퀴에 항거할 수 없고, 같이 돌아가야 한다.

국가라는 마차는 어디인지 방향을 알 수 없이 달리는 것이다. 마부는 달리는 말에 채찍을 가한다. 정신병원, 휴양시설의 병원에 쉬는 사람은 많다. 진호도 쉬었다. 달리다 지치면 또 휴양시설에 잠시 쉬는 것이다. 그렇게 쉬었으면 다시 또 달려야 했다. 그렇게 진호는 달렸다.

스물 다섯

인생의 봄날은 그렇게 갔다. 영원히 돌아올 수 없는 날들이었다. 철학과 행위가 있었던 유소년 시절을 정말로 행복한 시절이었다. 괴테는 「젊은 시절의 꿈은 노년에 이루어진다.」고 했다. 봄이 지나고 여름날은 혹독하고 가혹한 시련의 계절이었다. 두 번 다시 경험하거나 다시 못갈 길, 고뇌와 쾌락, 지옥과 고통, 노동의 힘겨움, 여자에 대한 싸움. 이! 싸움과 시련의 여름날, 진호의 인생의 가을과 겨울을 어떤 날들이 기다리고 있을까?

"아! 끔찍한 생이여, 오라! 다시, 몇 번이고!"

생각나는 고향

"높은 곳에 오르면 사람의 마음이 넓어지고,
흐르는 물가에 다다르면 사람의 뜻이 원대해지며,
비나 눈이 오는 밤에 글을 읽으면 사람의 정신이 맑아지고,
언덕 위에 올라 휘파람을 불면 사람의 흥취가 높아지느니라." - 홍자성 -

여자

여자에 대해서는 여러 철학자들의 말이 있다. 니체는 여자의 지혜를 사랑했고, "여자는 누구나 예술가"라 했다. 공자는 "아름다운 여성의 시기는 짧고 훌륭한 어머니의 시기는 영원한 것이다."라 했고. 괴테는 "영원히 여성적인 것이 우리를 승리케 한다."고 했다. 나폴레옹은 "여자를 손에 넣을 때는 이유도 영탄도 필요치 않다. 그저 내 것으로 만들면 그뿐인 것이다."고 했다.

어머니로서의 여성은 능력자이다. 여성은 누구나 현실적이다. 세르반테스는 "여자의 '예스'와 '노우'는 같은 것이다. 거기에 선을 긋는다는 것은 무모한 것이다."라 했고, 오스카 와일드는 "여자는 사랑받도록 생기긴 했지만 이해받도록 생기진 않았다."고 했다. 오비니우스는 "모든 여성은 누구라도 자신을 매력적인 여성이라고 믿고 있다. 심지어 아무리 보잘 것 없는 여성이라도 자신이 호감을 받고 있으면 멋대로 자만심을 갖고서 스스로의 매력에 만족하게 되는 것이다."라 했다.

요즈음 여자나 남자나 독신자가 많다. 이를 어떻게 설명해야 할까? 수도자들처럼 혼자 사는 사람이 많다. 이는 여자나 남자나 너무 생각이 많은 것이고, 혼자 사는 것에 만족을 느끼는 것이다. 결혼은 어려운 일이고 꼭 필요한 것도 아니다. 또 인생의 풍요로움에 대해 자신감이 없기 때문이고, 용기가 없기 때문이다. 남자나 여자나 서로 함께 사회생활을 하면 되는 것이고, 굳이 서로에게 매이지 않겠다는 것이다. 여자는 여자, 남자는 남자 종족 보존이 필요치 않은 것이다. 사랑의 고뇌의 결실과 결혼이 부자유스러운 것이다. 인생을 홀가분하게 자유롭게 살기를 바라고 있다. 이래도 한 번인 생, 저래도 한 번인 생인 것이다. 또 이혼이 많고 불행한 결혼도 많은 것이다. 그러니 혼자 자유롭게 풍요롭게 살고자 한다.

결혼을 하지 않은 사람이 많고, 자녀를 갖지 않으려는 현상은 불행한 현상이다. 나쁜 현상인 것이다. 이는 한 사람에게 중요한 일이고, 신중한 일이고 선택의 문제이다. 실존의 문제이다.

결혼은 생존의 문제뿐 아니라 더 높은 실존의 문제이다. 결혼은 인류지대사라고 인생에서 가장 중요한 일의 하나이다.

고향

　우리의 고향, 한국인에게 고향은 유난하다. 오늘날 대다수의 사람들이 도시에 살고 있지만, 그래서 고향은 더욱 특별하다. 나이가 든 사람일수록 고향은 더욱 뚜렷하다. 특히나 남북의 천만 이산가족에게 고향은 갈 수 없는 곳이다. 그래서 더욱 애틋하다. 또 타국에 살고 있는 한국인 해외동포에게 고향에 대한 그리움은 더욱 애틋하다. 고향은 고향집, 고향 마을, 고향 사람, 고향 산천 등이다.

　신라시대 최치원이 당나라에 가서 쓴 「추야우중」에는

　　"가을 바람에 홀로 시를 읊으니

　　세상에 내 마음 아는 이 없네.

　　창 밖에는 밤이 깊도록 내리고

　　등 앞에 앉은 이내 마음은

　　만리 고향으로 달리네."

　조선 중종 때 시인 임억령은 고향에 갈 수 없는 자기 신

세를,

　"강에 뜬 저 달은 둥글다가 이지러지고,

　　뜰 앞의 매화는 피고 지고 지고 피는데

　　다시금 봄이 와도 갈 수 없는 나는 갈 수 없어라.

　　홀로 다락에 올라

　　고향을 바라 보노라."

　또 고복수의 「타향살이」, 김정구의 「눈물 젖은 두만강」, 조용필의 「돌이와요 부산항에」, 이은상의 「가고파」, 그리고 박용철의 「고향」, 노천명의 「고향」, 김수영의 「고향」, 윤동주의 「또 다른 고향」, 이원섭의 「내 고향」과 같은 시는, 갈 수 없는 고향을 그리거나, 시에서 고향은 아련하게 저 멀리 있는 곳이다.

　한국인의 고향은 국내에 있을 때는 낳아서 자란 부모가 계신 고을이 되며, 국외에 나가 있을 때는 그 고을과 조국이 다 해당된다. 생사와 종교에 관해서는 이승일 때도 있고, 저승일 때도 있다. 신화에서는 조상이 사는 북쪽이 고향이 되며, 성스럽고 존경이 가는 땅이다.

　고향은 어머니의 품과 같다. 어머니는 누구나 마음의 고향이다. 내게 있어 고향은 그 시절 이 세상의 전부였다. 사랑과 이별, 이웃과 친척, 부모형제, 삶과 죽음, 마을과 우주, 행복과 기쁨, 의식주가 해결되던 곳. 그래서 내게 고향은 영혼 속에 풀뿌리 하나, 돌맹이 하나, 고향사람 한분 한분 새겨져 있는 곳이고, 가장 깊숙이 영혼 속에, 마음 속에 새겨진 곳이다. 고향은 나에게 내 존재의 가장 근원이었다.

흙에서 와서 흙으로 돌아가는 인생, 자연에서 와서 자연으로 돌아가는 인생, 이제 흙과 자연으로 돌아가고 싶다. 흙과 자연, 어머니의 가슴속, 신앙의 영혼 속에 그 마음의 고향, 그 고향에 살고 싶다.

예술 (1)

모든 역경을 이겨내고 사는 삶이야말로 두 번 다시 도전하고 싶은 삶이다. 세상의 모든 어려움을 이겨내고, 예술로 승부를 건 사람은 행복하다. 예술의 길이야말로 행복의 길인 것이다. 인생의 다사다난, 만고풍상의 길이야말로 그 경험이야말로 예술인 것이다.

존재의 의미를 예술에서 찾는다면, 예술에서 찾아야만 한다면 존재의 경험의 최고 지혜자이기 때문이다. 예술은 지혜와 사랑의 흥미진진한 경험의 결실인 것이다. 지혜의 이야기, 사랑의 행복의 경험의 다채로움이 문학이다.

문학은 예술의 으뜸이다. 인생, 삶, 죽음, 사랑, 행복, 이별, 인과응보, 인연, 업 모두 문학의 바탕이 되는 것이다.

고흐는 "위대한 일들은 작은 일들로 이루어진다."

이중섭은 "참된 애정이 충만할 때 비로소 마음이 밝아지는 법이다."

레노이어는 "고통은 지나가지만 아름다움은 계속된다."

데르트 바서는 "혼자 꿈을 꾸면 한낱 꿈일 뿐이지만, 우리 모두 함께 꿈꾼다면 그것은 새로운 현실의 출발이다."

피카소는 "행동은 모든 성공의 기반이다."

피사로는 "남들이 꺼려하는 곳에서도 아름다움을 찾는다면 복이 있다."

김정희는 "가슴 속의 1만권의 책이 있어야 그것이 흘러넘쳐 그림과 글씨가 된다."

예술가는 사랑하는 사람이다. 자연, 인간, 신, 아름다움에 대한 사랑이다. 이것들에 대한 가장 사랑이 깊은 사람이 가장 뛰어난 예술가이다. 예술의 길은 삭막하고 험난한 인생의 길에 유일한 희망이다.

학문과 예술이야말로 가난한 선비가 인생에서 도전하고 모험하고 싶은 삶이다.

예술 (2)

고흐의 「해바라기」는 1888년에 그려진 그림이다. 이 그림은 활짝 핀 해바라기를 그리고 있지만, 다르게 생각하면 여인을 상징하고 있다고 할 수 있다. 몽우리진 소녀, 막 피어나는 처녀, 활짝 핀 여인, 시들어 가는 여인을 상징한다고 할 수 있다. 이 여인들의 모습을 해바라기를 통해 희화적으로 묘사했다.

해바라기의 다양하게 피어나는 모습은 여인의 다양한 모습일 것이다. 예술가는 이렇듯 비유와 상징을 쓴다. 이렇듯 해바라기가 상징하는 것 없이 다분히 해바라기만을 그렸다면 이 그림의 가치는 떨어질 것이다. 이렇듯 화가는 비유와 상징, 의인화를 썼던 것이다. 소녀의 아름다움, 처녀의 싱싱함, 여인의 절규와 발악 모습까지 그리고 있다.

예술가는 비유와 상징, 의인법으로서 표현하고 있다. 이것이 시이고 그림이다.

고흐는 「삼나무가 있는 밀밭」, 「생트 마리드 라메르의 바다 풍경」에서도 상징과 비유를 쓰고 있다. 삼나무가 있는 밀밭은 바람에 흔들리는 나무를 통해 생명의 신을 그렸고, 생트 마리드 라메르의 바다 풍경에서 배는 고흐 자신을 상징하고 있다.

또 그리스 로마 신화에서 신의 모습을 의인화했다. 하늘의 신 제우스, 태양의 신 아폴로, 달의 신 다이아나, 모두 의인화였던 것이다.

이것은 신화였지만, 이 신화는 예술가에 의해 태어났다. 예술가는 이렇듯 신화를 만들고, 가장 흥미진진한 시, 이야기를 만들어 냈다.

또 단테는 「신곡」을 통해 지옥, 연옥, 천국의 모습을 상상해 냈다. 그려냈다. 우리는 시인 단테를 통해 지옥도 천국도 가보게 되었다.

「별주부전」을 통해 용궁의 용왕의 모습을 보았고, 「파우스트」를 통해 악마의 모습을 보았다. 「선녀와 나뭇꾼」에서 선녀를 만났고, 「서유기」를 통해 요술을 쓰는 손오공을 보았다.

안데르센에 의해 인어공주를 보았고, 신화를 통해 요정(님프)의 모습을 보았다. 이렇듯 예술은 우리의 상상력을 자극하여 인간을 풍요롭게 한다.

시인은 싸이렌을 만들고, 오르페우스를 만들고, 요정을 만들었다. 또 영원한 슬픔 나르시스를 만들었다. 또 「아라비안 나이트」에서 마법의 양탄자, 또 요술 램프 알라딘을 만들었다. 또 아폴론과 다프네의 사랑을, 오르페우스와 에우리디게의 슬픔을, 영원한 형벌 시지프스를, 뱀의 머리 메두사를 만들었다.

아! 예술의 힘, 지상의 인간은 영원한 승리자다. 시인이여! 아름다운 자여! 예언자여! 예술가여! 그대로 인해 난 이 세상에 태어난 것을 영광으로 생각한다. 예술가여! 그대만이 지상이다. 시인이여! 그대는 과거의 영화를 되찾으라. 흥미를 잃은 세상은 그대에게 기대를 가진다.

예술 (3)

예술가 미켈란젤로, 도스토예프스키, 푸쉬킨, 김기창, 니체, 괴테 등을 우리는 천재라 부른다. 과연 천재는 태어나는 것인가? 후천적 노력에 의한 것인가? 태어나든 후천적 노력이든 우리는 이들을 천재라 부른다.

예술에 있어 천재는 만들어진다. 수많은 노력과 경험과 피, 땀, 진지함이 만들어낸 것이다.

괴테는 예술을 "아름다움은 모든 예술의 궁극적 원리이며, 모든 예술이 지향하는 최고의 목표이다."라고 표현했다. 괴테는 "아름다움을 예술이 지향하는 최고의 목표라." 했다. 괴테는 "예술만큼 세상으로부터 도피할 수 있는 방법은 없다. 또한 예술만큼 확실하게 세상과 이어주는 것도 없다." 또 "지극히 행복한 순간이나 지극히 곤란한 순간에도 우리는 예술을 필요로 한다." 그리고 "한 예술가에 대한 진정한 평가는 그 사람의 인격이나 대중성이 아니다. 그 사회와 문화에 얼마나 건전하고 유익한 것을 보탰는가에 달렸다."고 했다.

아름다움은 무엇인가? 플라톤은 아름다움을 "이데아"로 표현했다. 아름다움은 이데아이며, 아름다움은 좋은 것이고, 좋은 것은 진리이며, 고로 진리는 아름다움은 것이다. 플라톤의 이데아론은 중세 기독교의 하느님으로 이어진다. 그리스인들은 아름다움을 조화와 균형으로 표현했다.

황금 비율은 여기서 나온 것이다. 하여간 아름다움은 정신적, 신체적, 사회적인 것에서 찾을 수 있다. 정신적, 신체적으로 건강하고 젊은 상태를 아름다움이라 했다. 아름다움은 사랑 그 자체이다. 어쨌든 예술가는 신이 아니다. 모든 것을 할 수 있는 존재가 아니다. 예술가는 예술이라는 무기로 싸우는 것이다. 예술만이 지상이다.

고흐의
「생트마리드 라메르의 바다풍경」을 보고

　고흐의 바다는 신비롭고, 아름답고 두려웁다. 바다는 투명하고, 맑고, 아름답다.

　바다는 빨강, 노랑, 흰색, 검은색, 파랑색의 물결이 뒤섞여 바다는 두려웁다. 그 모습이 바다다. 바다는 두려움인 동시에 아름답다. 거기의 배는 3척이 있다. 배는 한결같이 작고, 허술하고, 엉성하다. 큰 여객선이나 군함의 안정성이 아니다. 이 배는 고흐 자신의 모습일 것이다.

　바다는 세상이고, 세상 위의 위태롭고, 불안하고, 엉성한 자신의 모습, 물결이 일면 금방이라도 배는 전복될 것 같다. 가난하고, 고독하고, 불안했던 고흐, 37세의 자살하기 전의 그려진 그림이다. 불안한 고흐의 모습이 보인다.

　그러나 자연은, 바다는 위대하다. 무섭다. 장엄하다. 두려웁다. 바다는 어머니이다. 그 속의 위태로운 배는, 고흐는 어머니 품처럼 아늑하지 않다. 고흐의 바다는 세상 속의 자신의 내면이며, 죽음을 예감하고 있다. 죽음은 두렵지만 죽음과 동시에 신의 품에 안긴다.

'생트마리트 라메르의 바다 풍경'은 고흐 자신의 모습을 잘 나타내고 있다. 그에 비해 고흐의 가장 독창적인 대표작 '해바라기'는 생명이 살아서 꿈틀거리는 듯하고, 우수에 찬 '삼나무가 있는 밀밭'이 그려진다.

예수님

  2천년 전, 베들레헴의 작은 마을에서 한 아이가 태어났다. 그 이름은 예수.

  어머니 마리아와 아버지 요셉은 그 이름을 예수라 했다. 마리아와 요셉의 결혼식에는 요셉의 친구들이 모였고, 친구들은 요셉을 부러워했다. 마리아는 그만큼 아름다운 여인이었고, 순결한 여인이었다.

  요셉은 목수였지만 신앙심이 깊었다. 마리아 또한 하느님께 순명하는 신앙심 깊은 여인이었다. 예수는 신앙심 깊은 부모 밑에서 자라며, 구약을 읽고 공부한다. 구약은 이스라엘의 오랜 약속이었고, 이스라엘은 구약의 율법과 규범을 공부했다. 구약은 이스라엘의 구세주가 오신다는 믿음이었고, 하느님에 대한 믿음이었다.

  아브라함, 모세, 다윗, 야곱으로 이어지는 구약은 하느님의 말씀이었고, 하느님에 대한 굳센 믿음이었다. 이스라엘은 시련을 겪었고 그럴 때마다 하느님에 대한 믿음은 커졌고, 구세주에 대한 믿음도 커졌다. 요셉도 마리아도 이 구약의 신앙이 깊었고, 아들 예수도 이 신앙에 잠겼다.

예수는 성인이 되어 공생활 동안 하느님에 대한 믿음이 더 굳세어졌다. 아브라함, 야곱, 에레미야의 말씀에 더욱 감회된다. 예수가 살던 당시 이스라엘은 로마의 지배를 받고 있었다.

예수는 공생활 중 하느님에 대한 믿음이 더 굳어졌고, 모든 것을 하느님 뜻으로 받아 들였다.

예수는 세례자 요한에게 세례를 받고, 세상의 타락과 불신, 고뇌와 허위, 용서와 배신, 율법학자의 허위, 가난과 부, 질병과 치유를 경험하며, 제자들을 모았고, 뛰어난 예지력과 지도력, 현자로 성장한다.

공생활 중 예수의 주위에는 제자들과 군중들이 모여들었고, 예수는 자신을 하느님의 아들이라고 굳게 믿었고, 군중들은 예수의 행적과 말들을 시기하기 시작한다.

사울에서 시작하여 다윗 때 확립된 전통인 유대인에게 메시아는 다윗처럼 이 민족을 물리치고 팔레스타인과 신의 영광을 드러내는 새로운 왕국을 건설하는 지도자를 의미했다. 예수는 로마 제국주의에 반대하는 민족지도자라는 의미인

'유대인의 왕' 이다.

"주님께서 나에게 기름을 부어주시니 주님의 얼이 내 위에 내리셨다. 주님께서 나를 보내시어 가난한 이들에게 기쁜 소식을 전하고, 잡혀간 이들에게 해방을 선포하며, 눈먼 이들을 다시 보게 하고, 억압 받는 이들을 해방시켜 내보내며, 주님의 은혜로운 능력을 선포하셨다."

"주 너희 하느님께서 너희 동족 가운데서 나와 같은 예언자를 일으켜 주신 것이니, 너희는 그의 말을 들어야 한다."

예수 신학의 핵심은 신의 정의실현과 죄의 용서였다. 예수가 예루살렘에서 성전을 정화하고 성전에서 가르침을 펼치자 제사장들의 미움을 사서 죄인으로 몰려 죽게 된다.

오늘날 학자들은 우리가 알고 있는 기독교의 기본교리들은 예수의 사상과 완벽하게 합치하지는 않는다고 본다. 예수는 하느님의 아들이었다. 이 믿음은 삼위일체 교리와 일치한다. 예수는 믿음에서 가장 아름다운 인간이었다.

예수는 믿음의 인간이었다. 하느님에 대한 믿음을 본받으려면 예수의 믿음을 본받아야 한다. 예수에 의해 구약과 신약은 완성된다. 성경은 우리 안에 살아 있다.

신앙 (1)

 사람은 누구나 하느님께 사랑받는 사람이기를 원하고, 선택된 사람이기를 바란다.

 "내가 너를 모태에서 짓기도 전에 너를 선택하고, 네가 태어나기도 전에 너를 거룩하게 구별해서 뭇민족에게 보낼 예언자로 삼았다."

 사람은 하느님의 뜻으로 소명을 다하기를 바란다. 성소를 지니기를 바란다. 이처럼 누구나 하느님 앞에 특별한 사람이기를 갈구한다. 나의 경험으로 만나본 대부분의 사람이 그러했다. 나 자신 또한 마찬가지이다. 이처럼 사람은 종교를 초월하여 누구나 성소를 지니고 있다고 볼 수 있다. 누구나 세상 속에, 하느님 앞에 가치 있는 사람이 되기를 바란다. 이것이 신앙인 것이요, 믿음인 것이다.

 사람은 누구나 유소년 시절을 겪었고, 그 시절은 누구나 하느님이요, 부처요, 천사였던 것이다. 그 유소년 시절이 성인이 되어서도 변하지 않고 성소로 남아 있는 것이다.

또 사람은 죽기 때문에 죽음 앞에서 하느님 앞에 성소가 솟아오르는 것이다. 순수가 솟아나는 것이다. 사람은 경험이 많을수록 똑똑하지만 타락하기도 한다. 세상 경험은 그 사람의 인생의 깊이를 만든다.

그러면서 세상의 가치(돈, 명예, 권력)에 욕망하게 된다. 그러면서 믿음(신앙)이 감추어지기도 한다. 또 우리는 매 순간 기도를 한다. 두 손을 모으는 것이다. 기도는 산도 옮긴다고 한다. 기적을 일으킨다.

대통령도, 장군도, 영웅도, 아버지도, 어머니도, 소년도, 소녀도 기도한다. 인간은 기도하는 존재이다. 세상을 살아 보면 인간의 힘으로 어떻게 할 수 없는 일이 있다.

흑사병이나 페스트 같은 것이다. 이럴 때는 기도하는 수밖에 없다. 이것이 인간인 것이다. 신앙은 우러르는 것이고, 갈망하는 것이다. 성스럽고 거룩한 것을 구한 사람이 성인이다. 신앙은 진리의 등불을 드는 것이다. 진리의 길을 가는 것이다.

아이의 어머니에 대한 믿음이 인간의 최초의 믿음이다. 그것이 성부에 대한 믿음으로 변하는 것이 세례 받은 신자인 것이다. 진리에 반대되는 것은 거짓, 위선, 부정적, 혼돈, 악, 추함, 우리는 진실, 선, 정직, 질서, 아름다움을 추구하고 그것이 신앙이고 철학이다.

  신앙한다는 것은 철학한다는 것이다. 우리나라에 성부에 대한 신앙이 본격적으로 받아들인 것은 1700년 대의 남인 학자들에 의해서다. 그 전에는 불교와 유교의 영향을 받았다. 남인학자들은 성부를 인격신으로 생각하게 되었다. 그것이 오늘 날의 기독교인 것이다. 성부를 인격신으로 생각한 것은 확실한 신앙이었다. 그 곳에서 그리스도의 신앙이 시작되었다.

  천주교가 시작한 것이다. 그것은 우리가 12억 천주교 신자 공동체의 일부가 된 것이다. 2000년 전통의, 우리의 전통을 형성하게 된 것이다. 이것은 중요한 일이다. 인류와 신앙을 함께하게 된 것이다. 함께 한다는 것은 오랜 지혜의 전통을 함께하게 된 것이다.

  우리의 삶의 지혜를 크게 확장한 것이다. 아름다운 전통의 일부가 된 것이다. 인간을 더 넓게 깊게 이해하게 되고 교류하게 된 것이다. 인류는 공동체라는 것을 뜻하게 되었다. 믿음을 갖는다는 것은 인간 승리의 길이다.

신앙 (2)

인간은 약한 존재이다. 그래서 믿음이 있다. 절대자에 대한 믿음은 인간에 대해 말해 주고 있다. 인간은 곧 죽는 존재이다. 생로병사의 한계에 놓여 있는 존재이다. 인간은 시간 속에, 그것도 짧은 시간 속에 존재한다. 시간은 인간 존재를 말해 주고 있다. 시간은 흐르고, 인간은 시간이 흐르며, 죽는 것이다.

인류의 시작 이후 해가 뜨고, 해가 지는 되풀이 되는 현상 속의 인간은 모두 죽었다. 이것이 인간은 유한한 존재이며, 그래서 영원한 것에 대한 믿음이 필요하다.

순간의 연속이 곧 영원인 것이다. 점이 모여 직선을 만들고 무수한 점이 모여 영원한 직선을 만든다. 순간이 곧 영원임을 보여 주고 있다.

인간의 성부에 대한 믿음은 인간의 창조 질서를 믿는 것이다. 거대한 우주에서부터 가장 작은 원자에 이르기까지 인간은 누구인가? 인간은 말씀으로 산다.

태초에 말씀이 있었다. 이것이 인간이란 존재를 말해주고 있다. 말씀, 언어, 로고스에 인간이란 존재가 있는 것이다. 인간은 약한 존재이다. 이것이 인간을 위대한 존재로 강한 존재로 만들고 있다. 이처럼 약한 인간은 생각하는 존재로 존재한다.

절대자 성부는 인간이 필요로 한다. 그러므로 존재하는 것이다. 인간이 존재하기 때문에 성부가 존재한다. 인간이 존재하지 않는다면 성부는 존재하지 않는다.

알파와 오메가, 처음과 끝은 있는가? 신이 인간을 만들었는가? 인간이 신을 만들었는가? 어쨌든 인간이 존재하기 때문에 신이 존재한다. 인간이 존재하지 않는다면 신은 존재하지 않는다.

아! 인간, 그는 누구인가? 왜 믿음이 있어야 하는가? 인간은 존재하면서부터 믿음을 지니고 있었다.

상제, 하느님, 부처님, 절대자, 인간은 살아가는 지혜가 필요했다. 그래서 믿음이 생겨났다. 인간은 생각하는 존재이고, 사회적인 존재로 그래서 신이 탄생했다. 성인들인 예수, 부처, 공자, 소크라테스의 성인들은 인간으로 태어났다.

인간은 이 세상을 한평생 살아가기 위해 성인의 고뇌가 필요했다. 성인은 하느님, 부처가 되어 인간에게 믿음을 가

지게 했다. 인간은 한평생 살기 위해 지혜(믿음)이 필요하게
되었고, 드디어 확신이 되었다.

지혜는 2000년의 전통에서 삶을 배워야 했다. 신앙은 인
간 존재의 생활 깊숙히 침투했다. 그리고 인간의 삶에 가장
막강한 힘을 행사한다. 인간은 약한 존재이고 삶의 지혜가
필요했다.

신앙 (3)

사람이 신앙을 갖는다는 것은 믿음이란 큰 세계를 얻는
다. 믿음을 가짐으로써 더 큰 세계를 연대할 수 있고, 선을
향한 사람들과 함께 할 수 있다. 믿음은 함께 한다는 것이
다. 신앙이란 개인의 마음 속에 있는 것이지만, 함께 믿음을
가짐으로써 공동선을 향한다.

기도함으로써 기도가 기도의 목적에 도달한다. 혼자의 힘
보다 함께 연대의 힘인 것이다. 교리는 믿음의 기초이고, 바
탕이기 때문에 믿음의 시작인 것이다.

교부들의, 교회의 가르침은 인간의 고뇌를 이해했고, 인
간의 고뇌의 산물이었다. 교부들은 믿음, 소망, 사랑이란 기
초를 가르친다.

그리스도교는 신교(개신교), 구교(가톨릭), 정교, 영국 성
공회 등으로 분화되었다. 그러나 그리스도는 이 모든 분화
의 중심이요, 바탕이다. 그리스도교는 성령의 역사하심으로
시작되어 오늘날도 성령의 힘으로 유지된다. 그리스도교는

죄의 사함과 신의 정의 실현을 교리로 두고 있다.

인간은 원죄에 사로 잡혀 있는 존재이다. 인간은 원죄를 안고 사는 존재로 고뇌하게 되어 있다. 인간의 원죄, 이는 인간의 고뇌의 산물이다. 세계의 진상 속의 원죄에 괴로워하는 존재였다. 그 원죄에 사로잡힌 인간을 그리스도는 원죄를 사해준다는 것이다. 인간의 큰 고뇌가 해결된 것이다.

그럼으로서 인간은 성령으로 새로 태어난 것이다. 이렇게 믿음은 우리 인간을 죄에서 해방시키고, 타락한 인간을 성화하는 것이다. 믿음은 보편 교회의 시작에서부터 오늘 날까지 오래된 전통이다. 이 전통 속에 교회의 힘이 있는 것이며, 연대의 힘이 있는 것이다. 혼자의 힘보다 함께의 힘이 큰 것이며, 함께 연대함으로써 인간은 영원의 고뇌에서 해방되어 믿음이란 큰 세계를 얻게 되었다.

믿음을 가짐으로써 믿음, 소망, 사랑의 세계로 들어간다. 믿음을 가짐으로써 우리는 함께 사랑의 길을 가며, 이웃이 되어 믿음의 행복을 나누는 것이다.

하느님은 인간을 창조하시고 인간을 사랑하신다. 인간은 언젠가 죽지만 천국의 희망을 가지고 산다. 부활의 희망을 가지고 산다. 인간은 천국과 부활을 이해해야 하고 믿는다. 죽음을 맞이해야 할 인간의 숙명으로서 교리는 인간을 믿음으로 초대한다.

아! 인간이여, 그대가 선택한 믿음은 인간이 함께 이 세상을 살아가 함께 믿음으로서 공동의 의식을 가지고 공동의 믿음을 가짐으로써 연대의 행복을 믿는 것이다. 함께 믿음으로써 함께 이 세상을 살아가는 것이다.

만일 개개인이 모두 개인의 철학으로 산다면 세상은 믿음을 가질 수 있을까? 어떠한 믿음을 가질까? 결국 개인의 철학은 모든 인간이 이미 고뇌해 왔던 한계 속에 있는 것이며, 개인이 개인으로 존재한다면 함께 연대의 믿음은 힘든 것이다. 그래서 국교가 있는 것이며, 국가 공동체를 이룬다.

결국 믿음은 마음의 평강을 가져다 주고, 행복을 가져다 주는 열쇠가 된다. 믿음은 공동선의 바탕이 되고 살아가는 가장 큰 힘이 되며 인간을 승리케 한다.

신앙 (4)

　신이 인간을 죽일 수도 있고 살릴 수도 있지만 인간의 마음(자유의지)에는 관여하지 않는다. 인간의 개개인의 사랑에는 관여하지 않는다. 이것이 신의 아이러니이고, 신의 모습인 것이다.

　인간이 주권자라고 볼 수 있다. 신을 알려하고, 신에게 도전하는 자는 인간 뿐이다. 또 신의 법칙인 만유인력은 사랑에 빠진 자에게는 적용되지 않는다.

신앙 (5)

　하루 하루 추억이 쌓여 세월이 되고, 순간 순간이 모여 하루가 되고, 세월이 모여 인생이 되고 역사가 된다.

　아! 인생, "몇번이고 오라! 끔찍한 생이여, 다시……" 니체의 말이다.

　순간 순간이 지나고 모이면 추억이 된다. 소중한 사람과의 추억은 바로 행복 아닌가? 행복은 어디서 오는가?

　성경은 "한 알의 밀알이 떨어져 살면 한 알 그대로 있겠고, 죽으면 많은 열매를 맺느니라."

　수도자의 삶은 자신을 죽이는 일이다. 자신을 죽여 하느님께 오롯이 드리는 삶이다. 자신을 죽여 이웃을 위해 기도하고, 봉사하는 삶이다. 자신을 죽임으로서 행복을 얻는 자이다. 모든 사람은 살아 있기를 바란다. 그러나 수도자는 자신을 죽임으로서 산다.

　아! 인간이여, 어떻게 행복을 얻을 것인가? 아! 세상을 보라. 살아 있는 자들의 요지경을! 아비규환을! 비극을! 성경은 죽는다는 것, 진정한 행복을 어디서 오는지 알려준다. 그런 점에서 예수님의 삶은 본보기이며, 모범이다.

그대신 성경은 '깨어 있으라'고 가르친다. 자신을 죽이는 자의 깨어 있음은 매우 중요한 것이다. 깨어 있는 자는 살아 있는 것이다.

그런 점에서 행복은 자신을 죽이는 일, 자신을 죽이는 일은 깨어 있음이어야 한다. 그곳에 한 가지 더 한다면 지혜를 지니라는 것이다. 그것이 믿음의 길이고 신앙의 길인 것이다.

석가모니

석가모니는 기원전 624년 인도(현재의 네팔)에서 왕족으로 태어났다. 16세에 골리 왕국의 공주 야소다라와 혼인 후 아들을 낳았다.

어느 날 왕궁에서 벗어나 고통과 생로병사의 세상을 보고 출가를 결심, 29세에 출가한다. 부처님이 탄생하자 하늘에서 오색구름과 무지개가 피었으며, 가릉빈가가 아름다운 소리로 왕자의 탄생을 축하했다.

부처님은 말했다. "천상천하 유아독존 삼계개고 아당안지"(우주 만물은 오직 자기 자신안에 존재하는 것으로 세상을 사는 고통도 생각하기 나름이므로 자기 스스로 편안하게 할 수 있다.)

부처의 세계는 보살, 보리심, 자비로 설명할 수 있다. 부처의 자비는 불교의 핵심이다. 화엄의 세계, 반야의 세계, 금강의 세계에 부처님의 설법이 있다. 팔정도는 부처님의 세계를 대변하는 기본 골격이다. 부처님의 바름, 정도는 고뇌에서 벗어나는 바탕이다. 고행의 수행의 길과 깨달음의 길은 부처님의 세계의 시작이다.

"우리는 생각하는 대로 됩니다."

"건강은 최고의 천성이며, 자족은 최대의 재산이고, 믿음은 최상의 미덕이다."

"세상의 온갖 번뇌의 흐름을 멎게 하는 것은 신념과 지혜이다."

"안다고 생각함은 모르는 것이며, 모른다고 생각함이 아는 것이다."

"모든 중생은 무명의 부처다." "모든 악업은 탐진치로 말미암아 생긴다."

석가모니의 가르침은 우리를 지혜롭게 한다. 수행과 깨달음을 향해 바른 길(정도)을 가야 한다. 지혜로운 생각, 깨달음(자각)의 중요성은 오늘날의 정신분석학의 바탕이다. 꿈, 불안, 잘못, 노이로제 등 심리학이 오늘을 사는 사람에게 빛이 될 수 있을까?

개미

"훌륭한 부모는 자식에게 뿌리가 되어 주고, 날개가 되어 준다."

우리 나라의 개미는 5월에서 6월 사이에 밖으로 활동을 시작한다. 그리고는 9월, 10월 중 집으로 들어가 밖의 활동을 하지 않는다.

대신 4~5개월간 열심히 일한다. 우리 나라에서 사는 개미는 지혜로운 동물인가? 그 대신 일하는 시기는 정말로 열심히 일한다.

개미가 사람에게 가르쳐 주는 것은 무엇인가? 『개미와 베짱이』의 동화는 무엇을 시사하는가? 나는 개미가 현명하다고 본다. 개미는 군체, 전체를 위해 활동하며, 단일한 개체처럼 움직이는 것으로 보이고 있다.

공자

"학이 시습지 불역열호라." (배우고 익히면, 이 또한 즐겁지 아니한가.)

공자를 한 마디로 정의한다면, 위의 글이 아닐까?

"안다는 것을 안다하고, 모르는 것을 모른다고 하는 것이 진정 아는 것이다."

"진정한 앎은 자신이 얼마나 모르는지 아는 것이다!" 이는 공자의 인식론이다.

공자는 기원 전 551년 9월 26일 노나라 공부에서 떨어진 시골인 창편향 추읍에서 부친 숙량흘이 그의 노년에 모친 안장재를 맞아 공자를 낳았다. 기원 전 533년, 19세 송나라 병관씨 딸과 결혼하여 20세에 아들 리를 낳았다.

공자는 뜻을 펼치려고 전국을 주유하였으나 그의 논설에 귀를 기울이는 왕이 없어 말년에 고향으로 돌아와 후학 양성에 전념하여 생을 바쳤다.

공자는 노 나라에 살았다. 노 나라를 건국했던 주공을 본

받아야 할 사람으로 받들었다. 공자의 정치 사상은 인, 예, 극기복례, 천명, 인지합일로 요약되며, "군자에게는 세 가지 두려움이 있다. 천명과 대인, 성인지언(成人之言)이 그것이다."

공자는 정치 공동체에서 정치적 능력이란 그 사람됨으로부터 나온다고 보았다. 그렇기 때문에 정치 행위자의 인격을 관찰하는 것 역시 매우 중요하다고 하였다.

공자는 정치는 덕으로 다스려져야 한다고 했다. 또 정치를 펴는 일은 바름을 펴는 일이라 했다. 공자는 바름(正)의 사상가였다. 석가모니도 팔정도의 바름을 가장 중요시 했다.

유가였던 정약용도 바름을 가장 중요시 했다.

"벗이 있어 먼 곳에서 찾아오면 이 또한 기쁘지 아니한가!"

"남이 나를 알아주지 않아도 노여워하지 않음이 또한 군자가 아니겠는가!"

"덕으로 이끌고 예로서 질서를 유지시키면 백성들은 부정을 수치로 알고 착하게 된다."

"옛것을 알고 새로운 지식을 터득하면 능히 스승이 될 수 있다."

"군자는 두루 통하면서도 편파적이지 않으며 소인은 편파적이면서도 통하지 않는다."

곧고 올바른 사람을 등용해서 곧지 않는 사람 위에 놓으면 백성들은 마음까지 복종하지만 반대로 부정직한 사람은 등용하여 정직한 사람 위에 놓으면 복종하지 않는다. 옳은 일을 보고도 행동하지 않는 것은 용기가 없기 때문이다.

공자의 철학은 군자의 철학이었다. 또 공자는 군자는 그릇이 되어서는 안된다고 했다.

공자의 첫번째 덕목은 배우는 일이었다. 군자는 바름을 펴고 배우는 것을 즐기며, 덕을 펴고, 천명을 따르며, 부모에게 효도하며, 벗을 사랑함이 유가의 근본 바탕이다. 이것이 군자의 철학인 것이다.

니체 (1)

니체는 독일의 철학자이자 시인이었다.

니체는 "차라투스트라는 이렇게 말했다."를 쓰고 자신이 독일어를 완성했다고 주장했다. "차라투스트라는 이렇게 말했다."는 독일 대학교재로 쓰인다고 한다.

독일인 히틀러는 니체 철학을 잘못 이해했다고 한다. 우리도 니체 철학에 대한 정확한 이해가 필요할 것이다. 니체는 초인, 권력에의 의지, 영원회귀를 주장했다.

초인(위버맨쉬)은 우리 세상은 초극되어야 할 그 무엇이다. 이 초극되어야 할 세상에 초인은 자유정신이자 상승된 의지력의 소유자다. 즉, 위버맨쉬는 자기 입법적 존재이자 자기 명령적 존재다. 그는 주인 도덕의 담지자다. 영원회귀는 생은 원의 형상을 띠면서 영원히 반복되는 것이다. 현실의 삶의 고뇌와 기쁨을 그대로 받아들이고, 그 순간만을 충실하게 생활하는데 생의 자유와 구원이 있다고 주장한다. 권력에의 의지는 남을 정복하고 동화하며, 스스로 강해지려는 의지, 니체는 이 의지가 존재의 가장 심오한 본질이며, 삶의 근본 충동이라고 보았다. 말 그대로 권력에의 의지는 힘의 의지이며, 힘의 철학이다.

니체는 시인이었다. 니체는 쇼펜하우어의 영향을 받았다. 쇼펜하우어는 염세주의 철학자로 알려졌지만, 쇼펜하우어는 불교의 영향을 받았다.

니체는 말하길 "인생에서 잘못은 인생을 살아가는데 필수적이다."

그러나 프로이드는 잘못의 문제를 정신분석학에서 자세히 다루고 있다. 니체의 아버지는 목사였다. 니체는 신교가정에서 자랐다. 니체는 스위스 바젤대학의 철학 교수였으며, 철학 교수직을 그만 두고 바그너와 교류한다.

니체는 20세에 본 대학에서 고전문헌학을 전공했다. 니체는 바그너 음악과 롯시니에 매료된다. 그후 니체는 가장 아름답다는 실스 마리아에 정주하여 글을 썼다.

니체는 지상을 사랑한 시인이었다. 하늘을 오르는 그리스도를 사랑한 것이 아니고 중앙의 벌거벗은 여인(라파엘의 현성용)을 사랑했다. 이것이 지상이고 이것이 세상이라는 것이다. 자신의 운명을 사랑하라고 외쳤던 니체.

"차라리 고난속에 인생의 기쁨이 있다. 풍파없는 항해는 얼마나 단조로운가! 고난이 심할수록 내 가슴은 뛴다."

"모든 신은 죽었다. 이제 우리는 초인이 살게 되길 바란다."

니체는 루살로메에 청혼 거절 후 평생을 독신으로 살았다. 그후 인생 말년, 11년은 정신병원에 입원했다가 누이가 보는 앞에서 죽었다. 그의 삶은 불행한 한 남자의 삶이었다. 가혹한 운명이었다.

니체 (2)

니체는 시인이었다. 니체는 "만일 그대가 똑같은 생을 다시 살아야 한다면 그렇게 할 수 있어야 한다."고 했다.

이 운명애의 시인은 너무나도 진지한 사람이었다. 이 권력에의 의지에 사로잡힌 철학자는 남성의 힘을 내세웠다. 또 여성의 지혜를 사랑한 시인은 모든 여성은 예술가라 했다.

괴테에게는 존경을 실러에게는 사랑을 바쳤던 독일인들처럼 니체도 괴테를 존경했다. 이 굳세고, 강인한 자유정신을 니체는 존경을 다했다. 인생은 굴레인 것이다. 돌고 도는 것이다. 이것이 영원회귀인 것이다. 이 운명을 사랑한 시인은 긍정의 시인이었다.

'섹스는 가장 적극적 긍정'이라고 표현했다. 여름, 밤하늘, 앞마당에 멍석을 깔고 올려다 본 하늘, 나는 그때에 창조주 하느님을 찬미하고, 하느님에게 운명의 쇠사슬에 꽁꽁 묶였다. 선택받은 예언자였다. 하늘에는 수많은 별들이 손에 잡힐 듯 파랗게 반짝 반짝 빛나고 있었다. 수천 수만의 별들이었다. 하늘 가득히 반짝 반짝 파아란 별들이 빛났다.

"내가 너를 모태에서 짓기도 전에 너를 선택하고, 네가 태어나기도 전에 너를 거룩하게 구별해서 뭇민족에게 보낼 예언자로 세웠다."

내 눈으로 본 여름 밤하늘, 나는 창조주 하느님의 손에 꽁꽁 엉겨 매었다. 나는 영원히 그 하늘을 잊을 수 없고, 영원에 사로잡힌 순간이었다.

창조주 하느님을 눈으로 본 것이다. 신의 동아줄에, 쇠사슬에 영원히 꽁꽁 묶이는 순간이었다. 나는 철학하는 시인이 되었던 것이다.

니체는 운명을 사랑한 시인이었다. 고독하고 비극적인 이 시인의 생은 너무나도 인간적이고 긍정적이었다.

조선은 동학의 발생지였고, 자생적 천주교의 발생지였다. 우리 나라의 동학은 정말로 진지하게 받아들이지 않을 수 없다. 증산교는 우리 나라의 민족종교이다.

아! 이 운명에 얽힌 사람들. 어떠한 죽음도 이 운명의 굴레 앞에 두렵지 않았다. 정말로 진지한 생이었다.

니체는 심리학자였다. 니체의 심리학은 의지의 심리학이다. 지금은 프로이드, 융, 아들러의 정신분석학으로 나아가고 있지만 현대는 니체의 의지의 심리학보다 과학의 정신분석학으로 나아가고 있고, 더 설득력이 있다.

니체는 초인을 내세우며, 이 세상은 초극되어야 할 그 무엇이라 했다. 성경에는 이 초극을 원죄라 했고, 그리스도는 이 원죄를 사해 준다고 했다.

니체는 이를 초인이라 했다. 세상은 타락하고 진부하였던 것이다. 많은 사람에게 니체는 매혹적인 철학자였다. 그러나 그 자신 짧은 생은 불행했다.

이 시대야말로 남자의 힘을 되찾아야 한다. 이 남자의 철학자는 그래서 이 시대에 더욱 조명받고 있다. 인류에게 이러한 철학자를 가졌다는 것은 큰 빛이고 영광이다.

목민관

다산 정약용의 『목민심서』 첫 장은 이렇게 시작된다.

'他官可求 牧民之官 不可求也(다른 관직은 구해도 좋으나 목민관만은 구해서는 안 된다.)

오늘날의 목민관은 도지사, 시장, 군수, 장관, 교육감 등을 들 수 있다. 목민심서는 부임, 율기, 봉공, 애민, 이전, 호전, 예전, 병전, 형전, 공전, 진황, 해광 등 모두 12편으로 구성되었으며, 각 편은 다시 6조로 나누어 모두 72조로 편제되었다.

다산은 목민의 임무가 얼마나 어려운가를 알리기 위해 이 책을 저술한다고 했다. 목민은 모름지기 대학에서 이르는 바 수기치인 지학을 배우는데 힘써 목인의 본분이 무엇인가를 직시하고, 치민하는 것이 곧 목민하는 것임을 지적한다.

그런데 이 뜻은 간단한 것 같지만 여기에 심오한 의미를 내포하고 있는 점을 다산은 잘 인식하고 실천해야 함을 강조한다.

"오늘날 백성을 다스리는 자들은 오직 거두어 들이는데만 급급하고, 백성을 부양할 바를 알지 못한다. 이 때문에 하민들은 여위고, 곤궁하고, 병까지 들어 진구렁 속에 줄을 이어 그득한데도 그들은, 다스리는 자는 바야흐로 고운 옷과 맛있는 음식에 자기만 살찌고 있으니 슬프지 아니한가!"

또 목민심서가 지향한 가장 중요한 특징은 목민관의 정기(正己)와 청백사상이 전편에 걸쳐 강하게 흐르고 있다.

첫째 목민관 선임의 중요성, 둘째 청렴 절검의 생활신조, 셋째 민중 본위의 봉사 정신을 강조한다.

목민관은 백성과 가장 가까운 직책이기에 그 임무가 중요하므로 덕행, 신망, 위심이 있는 적임자를 임명해야 하며, 백성에 대한 봉사 정신을 바탕으로 국가의 정령을 두루 알리고, 민의를 상부에 잘 전달하여 사랑하는 애휼정치에 힘써야 한다.

호전은 농촌 진흥과 민생 안정을 큰 전제로 전정 세법을 공평하게 운용하고 호적의 정비와 부역의 균등을 잘 조정하여 권농, 흥산의 부국책을 효과적으로 이끌어갈 것을 내세우고 있다.

전정의 문란, 세정의 비리, 호적의 부정, 환자의 폐단, 부역의 불공정은 탐관오리의 온상이 되었다. 따라서 목민관은 이를 민생 안정의 차원에서 척결하고, 나아가 활기찬 흥농의 실을 거두도록 노력할 것을 역설한다.

『목민심서』는 정약용이 57세 되던 해에 저술한 책으로, 그가 신유사옥 때 전라도 강진에서 19년간 귀양살이를 하고 있던 중에 집필하여 1818년(순조 18년)에 완성한다.

타관가구 목민지관 불가구야!

목민관은 구해서 되는 것은 아니다. 임금과 하늘의 명령이 있어야 가능하다.

애민 육조에는,

양로 – 목민관은 노인을 공경하고, 불쌍한 백성을 보살펴야 하는 의무가 있다.

자유 – 백성들을 타일러 자기 자신들의 자식들을 기르게 하고 내버려진 아이들을 거두어 주고, 길러 주어야 한다.

진궁 – 홀아비, 과부, 고아, 독거노인을 구제하는데 힘써야 한다.

애상 – 집안에 초상이 난 사람에게는 요역을 면제해 준다.

관질 – 환자에게는 정역을 면제해 주어야 한다.

구재 – 목민관은 자연 재해가 나지 않도록 항상 대비해야 하며, 재해가 생겼을 때는 백성들을 위로하고 구호하는데 힘써야 한다.

이렇듯 목민관은 진궁에 힘써야 하고, 양로, 자유에 힘써야 한다.

다산의 목민심서에는 이렇듯 애민 정신이 깃들어 있다. 이 시대, 이 나라의 목민관들은 다산의 말에 귀를 기울여야 한다.

"벗을 위해 목숨을 바치는 것보다 큰 사랑은 없다."

이 시대의 진정한 목민관은 숨은 곳에서 이웃 사랑을 실천하는 사람들이기도 하다.

지옥과 천국

　지옥으로 들어오는 자는 영원한 가책을 받으리라. 근친상
간(부녀지간), 자위, 성도착증, 관음증, 조현병, 알콜 중독
자, 흡연병, 살인, 도둑질, 스트레스, 강간, 폭력, 무의식의
헤매임, 치한, 질투, 분노, 악의, 사기, 배신, 자살, 폭식, 전
쟁, 마약 중독. 세상의 모습을 보면, 지옥에 가까운가? 천국
에 가까운가? 불구덩이 지옥은 뜨거워 죽는다.

　확실히 세상은 지옥에 가깝지 않은가? 세상을 천국으로
만들어가는 것은 모든 인간의 사명이다. 천국과 지옥은 순
간적으로 바뀌는 것이 이 세상이다. 사람은 자기 자신의 일
과 행위로 세상을 천국으로 만들 수 있고, 지옥으로 만들 수
있다.

　부처님의 미소, 예수님의 가르침, 공자의 가르침, 소크라
테스의 소신, 모든 선의, 들판의 오곡백과, 꽃의 아름다움,
아름다운 여인의 미소, 연인, 친구, 오복, 부모님, 자연의 아
름다움, 빛, 밝음, 호수, 포옹, 초원, 커피, 와인, 쌀, 밀가루,

과일, 우유, 은정이, 순옥, 숙자.

과연 천국은 마음에 있는 것인가? 이것이 정답이 아닐까? 나라를 빼앗긴 국민은 지옥이 분명하다.

주권을 빼앗긴 국민 주체성을 빼앗긴 국민, 법이 무시되는 사회, 양심이 무너진 세상, 불신사회, 이기주의가 판치는 세상, 탐진치 오욕에 사로잡힌 개인, 불안.

아! 세상의 천국과 지옥은 순간적으로 바뀌는 것이 세상이다. 선행은 선함을 낳고 악행은 악함을 낳는다. 원수를 이로 갚으면 이를 낳고, 원수를 용서로 갚으면 용서를 낳는다.

한 남자가 있었다. 그는 작은 통을 들고 지하철을 탔다. 그리고는 왜인지 지하철 쇼파 위에 신나를 뿌리고 불을 붙였다. 순식간에 지하철은 불바다가 되었고, 사람들은 아비규환이 되었다.

결국 수많은 사람이 불에 타 죽었다. 천국이 순식간에 불구덩이 지옥으로 바뀌었다.

이처럼 천국과 지옥은 가깝고 순간적으로 뒤바뀌고 한 사람의 무모한 행동이 지옥을 만들었다.

이처럼 한 사람의 행위가 천국과 지옥을 만들 수 있는 것이 이 세상인 것이 안타까운 것이다.

이처럼 천국과 지옥은 사람의 마음 속에, 행위 속에 있는 것이다.

"단테의 신곡의 지옥의 모습은 흥미진진 하지만, 연옥과 천국의 모습은 식상한 것은 이 세상이 지옥의 모습과 가깝기 때문이다." ─소펜하우어.

도봉산을 다녀와서

46세에 동료와 도봉산을 다녀왔다. 그리고 11년이 지난 후 다시 도봉산에 친구와 같이 올랐다. 상록수역에서 도봉산역까지 거의 1시간 30분이 걸려 도봉산역에서 하차했다.

도봉산 국립공원 입구에는 음식점이며, 옷가게, 커피숍, 그리고 여러 가지 상점들이 즐비했다. 그러나 이제 도봉산 오르기가 무리였다. 벌써 체력이 이렇게 나빠졌나? 나는 당황했다. 억지로 쉬엄쉬엄 오르며, 정상에 올라 인증샷을 남기고, 가지고 갔던 김밥과 컵라면을 먹었다.

그러나 내려오는 것도 문제였다. 다리가 후들 후들 주저앉고 싶고, 억지로 내려오며 생각했다. 이제는 무리다.

그러면서 오르는 사람이나, 내려오는 사람이나, 건강한 사람들이고 대단하게 우러러보게 된다. 건강한 사람들, 그것은 축복이다. 가장 큰 재산이다. 나도 하지만 아직 건강하다는 위안을 얻는다. 산의 위용과 믿음직스러움, 굳건함에 기운을 얻어 내려오며, 큰 힘이 나는 것을 느낀다.

친구는 아직 건장하다고 했다. 그러나 나는 산이 두려웠다. 오르라고 있는 산이라면 못 오르는 사람에게 산은 산이 아니지 않겠는가? 산은 나에게 오르라는 충동도 주지만, 내가 오르지 못한다면 인생은 재미없고, 무료하고, 도전이 없는 것이다.

그러나 나는 다시 오르고 싶다. 그리하여 무료함과 쉬운 평지를 벗어나고 싶다. 나는 험하고 믿음직스러운 산을 오르고 싶다. 건강이 허락하는 한…….

청소년의 성

청소년은 성적으로 굉장한 에너지를 지닌 질풍노도의 시기이다. 청소년의 성경험은 13세로 낮아졌다. 현실인 것이다.

이때 청소년의 문제가 되는 것은 임신과 성병인 것이다. 성은 아름답게 누려야 한다. 성은 아름다운 것이다. 이 굉장한 성적 에너지는 발전적이고 긍정적인 것이다. 발전의 가능성을 지닌 미래의 꿈을 지닌 행위이다.

이 굉장한 성적 에너지가 충족되지 못할 때 성범죄와 탈선도 가능해 진다. 성적 에너지를 좋은 방향으로 이끌어야 하며, 아름답게 충족시키고 해소시켜야 한다.

니체는 '성이야말로 가장 적극적 긍정'이라고 했다. 또 식욕을 채우듯 성욕도 사랑으로 채워야 하는 것이다. 그러나 무분별한 성적 행위는 좋지 않다. 이 굉장한 성적 에너지는 그 무엇도 할 수 있는 것이고, 병이 될 수도 있다.

또 성을 돈으로 사는 행위가 되어서는 안 된다. 성은 아름다운 것이고, 아름답게 충족되어야 한다.

그런 점에서 순결과 정조는 절대 필요한 것이다. 무분별한 성이 되어서는 안 된다. 성은 쾌락의 충족이 되어서는 안 된다.

성은 종족 보존이 최우선의 목적이다. 그런 점에서 청소년의 성은 피임도 중요한 것이다. 13세로 낮아진 성경험, 성은 평생 지속되는 욕망이고, 충족되어야 할 욕망이다. 그런 점에서 욕망의 절제도 필요하고, 건전한 성이 되어야 한다.

성은 평생 지속되는 욕망이고, 평생 싸워야 하고, 수기치인해야 할 종교이고, 신앙이다. 삶인 것이다. 성이야말로 사랑이고, 인생의 완성의 길인 것이다.

여명

　오늘도 날이 밝아온다. 날이 밝으며 사물이 또렷이 드러나기 시작한다. 푸른 소나무, 붉게 물든 단풍나무, 아파트 흰벽, 회색 전봇대, 흰색 건물, 빨간 기와지붕, 푸른 간판, 노랑 글씨, 희끄무레한 하늘, 또렷이 사물이 드러나며, 낮의 질서가 확립된다.

　어둠에 익숙해져 있던 우리 눈은 사물의 색과 형태를 보기 시작한다. 그러면서 인간 세상이 드러나기 시작한다. 인간은 위대한 문명을 이루어왔다.

　태양이 떠오르며, 온누리 구석구석 빛을 비춘다. 물기 먹은 나무에서는 빛이 오르며, 김이 오르기 시작했고, 얼었던 얼음이 물방울이 되어 녹기 시작한다. 태양이 생명 곳곳의 생기를 불어 넣는다. 기온이 5℃ 이상 오르기 시작한다.

　이 겨울 대지에는 생명의 씨앗이 웅크리고 있다. 빛이여 생명의 어머니여, 대지는 숨을 쉬고 생명은 잉태된다. 생명의 신비여, 하늘의 영광이여, 난 빛을 사랑한다.

나의 하느님

"주님은 나의 빛, 나의 구원,
나 누구를 두려워하랴?
주님은 내 생명의 요새
나 누구를 무서워 하랴?"

주! 나의 하느님, 절망에 빠졌을 때 희망의 빛이시여, 세상 것은 헛되고 헛됩니다. 그럴수록 당신의 손아래 숨으며, 당신의 음성 안에 안식을 찾으며, 당신의 품속에 안깁니다.

하느님! 나의 하느님! 세상일은 모두 속되고 속됩니다. 허무하고 허무합니다. 당신만이 빛이요, 행복입니다. 주 예수님! 성부, 성자, 성령, 찬미 받으소서. 하느님, 나의 하느님! 괴로움에서 나를 해방시켜 주시고, 고뇌에서 벗어나게 해 주시는 분, 내 마음의 안식처, 쉼터, 평화, 나를 살리시고 죽이시는 하느님, 당신의 품속에서 새들이 즐거워 하듯이 나 즐거워 합니다. 당신의 권능 앞에 날리는 먼지와 같이 미천한 이 몸, 당신에서 힘을 얻고 당신에서 힘을 냅니다.

환희

　사람은 살아가면서 한시도 기쁨이 없어서는 안 된다. 환희, 내 나이 36세 때 경기도 구리시에 살 때였다. 내가 한 여인을 사랑해 고통에 시달리고 있을 때, 첫 소설집 「어머니의 미소」를 펴내고, 레스토랑에서 여류 시인들이 출판기념회를 열어 주었다. 시인들은 야생화 꽃다발을 선물해 주었다. 나는 어머니를 사랑하고 있었고, 레스토랑에서는 은은한 불빛과 음악이 흘러 나왔다. 그날 나는 주인공이었고, 온몸의 환희를 느꼈다.

　아! 환희, 온몸이 빛으로 가득하고, 열로 가득하고, 기쁨으로 가득했던 환희, 사랑의 빛이 온몸을 감싼다. 온 몸은 태양처럼 뜨거웠다. 나는 환희와 행복으로 날아갈 듯 했다. 내가 누구인가? 사랑할 때 누구인가? 나를 사랑할 때 환희를 느꼈다. 아! 환희, 세상에서 맛볼 수 있는 가장 큰 기쁨, 온몸이 투명하여 무지개 빛과 빨간 열과 사랑의 기쁨이 보이는 듯 했다. 하느님이 주시는 가장 큰 행복, 그것이 환희였다.

충동

충동은 불현듯 일어난다. 정신분석학으로 보면 충동은 병이다. 갑자기 일어나는 충동은 무서움을 줄 수 있다.

요즈음 조현병의 살인 사건은 충동에서 일어난다. 충동적 행동은 하기 전에는 긴장이 고조되지만 옮긴 후에는 일시적인 쾌감을 맛보게 된다.

심리적으로 큰 상처를 입었을 때도 충동조절 장애를 겪을 수 있다. 이 질환은 심각한 폭력이나 파괴적인 행동이 이어지기 때문에 법적인 문제가 발생하는 경우가 있다. 정신 치료에는 잘못된 생각과 행동을 직접적으로 치료하는 인지행동 치료, 현재의 갈등과 정신역동을 다루면서 왜곡된 성격을 바꾸려는 분석적 정신 치료가 있다.

또 환자에게 용기를 북돋아 주고 환자가 지금까지 한 일에 대한 확신을 높여 주는 지지 치료도 이에 포함된다. 다른 정신 질환이 동반되는 경우가 흔하며, 질환에 따라 다양한 합병증이 있을 수 있다. 충동은 생각에서 일어나 행동으로 이어진다. 무서운 것은 충동 그 자체보다 생각인 것이다. 생각이 결정되면 행동으로 옮긴다. 충동적으로 말이다. 그래서 올바른 철학, 바른 생각이 필요하다.

정신분석학에서 자주 다루어지는 잘못의 문제는 중요하다. 잘못된 생각은 믿음을 낳고, 믿음은 행동을 낳는다. 어디까지 인간의 잘못이고, 잘못이 아닌가를 알아야 한다.

600만 명을 죽인 나찌즘은 인간의 잘못된 철학이 얼마나 무서운 결과를 가져오며, 결국 잘못된 생각은 인간이 하느님의 율법에 의존해야만 한다.

도스토예프스키의 「죄와 벌」의 주인공 라스콜리니코프는 노파를 죽였다. 그의 생각이 불러 일으킨 행동이다, 결국 죄를 지었고 벌을 받게 된다. 잘못된 생각이 믿음을 낳고, 믿음이 행동을 낳고 행동이 죄를 불러 일으켰다.

죄에는 벌이 따른다. 생각이 어떻든 사람을 죽인다는 것은 죄이다. 잘못을 없애기 위해서는 바른 생각, 바른 행동, 바른 생활이 필요하다.

잘못된 생각은 비뚤어진 자세에서 생겨난다. 비뚤어진 생각에서 생겨난다. 비뚤어진 마음에서 생겨난다. 충동적 행동은 조심해야 한다.

겨울 바람

    겨울 바람이 분다. 여름이면 한낮일 텐데 6시가 넘으니 컴컴해졌다. 사람들은 겨울 바람을 막으려 파카에 모자, 장갑, 목도리로 무장했다. 바람은 얼굴에 부딪친다. 얼굴이 차가우면서도 시원한 기운이 몰아친다. 옷으로 단단히 무장해 추위를 견딜 수 있다.

    추위도 두렵지 않다. 거리를 걷는다. 호주머니에 손을 찌르고 말이다. 바람이 분다. 겨울 바람이 분다. 절간의 수행하는 스님처럼, 바람이 창호지에 부딪쳐 위잉 소리를 낼 때, 처마의 풍경소리가 빨라질 때 스님은 겨울임을 느낀다.

    스님은 곳곳에 앉아 수행하지만, 겨울 바람은 스님을 방해하지 않는다. 긴긴 밤바람은 밤새 울어댄다.

    바깥채의 강아지도, 고양이도 웅크렸다. 닭들도 일찌감치 자리를 잡고 웅크리고 앉아 겨울 밤을 지샌다. 아내가 없는 사람은 겨울 날 집안의 난로가 없는 것과 같다. 사람들은 따뜻한 곳을 찾는다. 밖은 바람이 불고 추우나 집안은 따스하다. 세상은 봄, 여름, 가을, 겨울없이 밤낮없이 빠르게 움직이며 진행된다.

겨울 바람은 거리를 활보하고, 처마 지붕에 부딪치고, 살갗을 때리고 나무를 흔든다. 겨울 나무는 바람에 흔들린다. 나도 겨울 바람에 흔들린다. 흔들리며, 질서와 안정을 찾는다. 벽에 부딪치며, 겨울 바람은 스러진다.

나는 안락한 공간에 잠겨 있다. 바람이 초소를 흔든다. 초병은 이 겨울밤을 깨어 지켜야 한다. 벽 사이로 찬바람이 스며든다. 찬바람은 정신을 일깨운다. 사람들은 따뜻한 곳에서 이 밤을 보낸다.

바람은 거리에 불어댄다. 사람들의 발걸음이 빨라진다.

세상에서 무엇을 찾을 것인가? 시내버스 운전기사는 안전하게 손님을 태우고 내려준다. 택시기사도 편안하게 손님을 모신다. 겨울 바람은 거리에, 골목 사이로 집의 벽에 부딪치며, 몰려들고 사람들은 긴장한다. 거리를 걸으며, 정신이 든다. 이 밤은 새들도 따뜻한 곳에서 잠잔다. 전기요금과 가스요금, 장작 비용은 겨울에 저렴해야 한다. 추위에 내버려 두어서는 안 된다. 이 겨울 밤, 질서 있게 세상은 움직인다. 겨울 바람은 얼굴을 때린다. 겨울 바람은 정신이 들게 한다. 따뜻함을 알게 한다.

배변의 행복

　오늘날 같이 음식이 다양하고 풍요로운 시대에 잘 먹고 건강하게 사는 것은 모두의 바람이다. 맛있는 음식을 맛보는 것은 즐거운 일이며, 행복한 일이다.

　요즈음과 같이 맛집이 다양하고 많은 시대의 미식가들은 그곳을 찾아다닌다. 잘 먹는다는 것은 건강의 비결이고 만병 치료의 근본이기도 하다. 또 주위에서 정말로 잘 먹고 맛있게 먹는 것을 보면 복들었다고 말하기도 한다. 그러나 잘 먹고 배변의 쾌감이 이루어지지 못하면 만병의 근원이 되기도 한다. 먹는 즐거움과 행복 속에는 배변의 쾌가 뒤에 있다.

　아! 배변의 쾌감 이 또한 행복하고 즐거운 일이다. 잘 먹고 배변의 쾌가 이루어지지 않는다면 상상해 보라. 이는 만병의 근원이다. 배변의 쾌는 무엇보다 중요하다.

　우리 나라의 화장실은 깨끗하고 단정하기로 유명하다. 해우소, 화장실은 정말로 중요하다. 배변의 쾌감, 이는 매일매일 행복한 경험인 것이다.

영상의 경험

　오늘날은 영상이라는 2차 경험의 시대이다. 1차 경험과 같이 경험의 형상 세계를 이루는 것은 아니나 2차 경험으로 우리는 지식과 지혜를 축적할 수 있다. 물론 1차 경험에 비길 바는 아니고 경험이라고 부를 수도 없다.

　그러나 2차 경험도 경험은 경험이고 오히려 지식과 지혜의 축적이라고 보는 것이 옳다. 경험은 인생의 가장 큰 자산이다. 경험으로 형상의 신이 만들어진다. 우리의 정신과 영혼의 건축술은 경험이라는 형상의 집을 지어가는 것이다. 그래서 경험이 많은 사람의 지혜를 따를 수 없다. 경험한다는 것은 인생이고, 우정이고, 행복이고, 지혜의 밑천이다.

　그러나 오늘날은 2차 경험 영상의 경험이 많은 시간을 차지하기도 한다. 이를 부정적으로 보고 싶지 않다. 오히려 지식과 지혜를 줌으로 긍정적으로 보고 싶다.

　그러나 영상의 경험에 빠져 1차 경험을 소홀히 하거나 경솔히 한다면, 인생의 참맛을 알지 못하게 된다.

인생을 알려거든 경험하라. 독일인이 괴테를 존경하는
이유도 괴테의 경험의 깊음과 다양성의 지혜의 축적 때문
이다.

꿈

지난 밤에 꿈을 꾸었다. 어느 아나운서와 고향에서 사랑을 나누는 꿈이었다. 행복했다. 눈을 뜨니 아쉽게 꿈이었다. 눈을 뜨고도 행복했다. 꿈속에서는 생생했고, 기묘한 느낌을 주었다. 말 그대로 한밤의 꿈이었다. 나는 생각하는 것이다. 꿈이 어떤 계시의 작용같다고 느끼는 것이다. 나는 밤에 행복한 꿈을 많이 꾼다.

물론 악몽도 종종 꾸지만 드물다. 기묘하고 비밀스럽고 비현실적이지만 행복한 경험인 것이다. 꿈속에서 나는 주인공이었다. 현실에서 나를 좋아하는 여인은 없지만 꿈속에서는 여인은 나를 사랑했다.

그 아나운서는 모 방송사에서 내가 가장 아름답다고 생각하는 여인이었다. 현실에서 느끼지 못하는 행복을 꿈속에서 느낀다. 인생은 그래서도 살만한 것 같다. 이 세상에서 살아있는 자의 있을 수 있는 행복과 기쁨인 것이다. 어차피 인생은 일장춘몽과 같다고 하지 않았던가?

담배

난 담배를 즐긴다. 담배는 기호식품이기는 하나, 요즈음 세상에서 냉대받고 환영받지 못한다. 담배의 해악이 발표되고 연구되기 때문이다. 한때 담배를 피우는 사람은 차 안에서나, 기차 안에서나, 사무실에서, 다방에서, 집안에서조차 담배를 피우던 시절이 있었다.

담배의 역사를 보면 이제는 어디서도 환영받지 못한다. 이제는 흡연 부스 안에서 피워야 하고, 고립되어서 피워야 한다. 담배의 해악이 이제 연구되고 점차로 명백히 드러났기 때문이다.

백해 무익이라고까지 되었다. 그래도 내가 담배를 피우는 이유는 무엇일까? 국가에서는 금연 정책을 펴고 있고, 보건복지부에서는 금연 광고를 계속 게재하고 있다.

호주에서는 담배 1갑의 가격이 우리 나라보다 훨씬 비싸다고 한다. 우리 나라에서는 가장 저렴한 담배 1갑이 4000원이다. 담배 피우는 사람은 사치를 지나 무거운 경제적 부담이 되고 있다. 담배는 이제 최고의 사치품이다.

요즈음 전자 담배가 나와서 팔리고 있으나, 일반 담배보다 더 해롭다고 연구되고 있다. 우리 나라의 담배는 연초를 재배해서 그 잎을 말려 대량으로 제조한다. 지금은 모두 필터 담배가 되었다.

나는 담배를 왜 피우는가? 우선 담배를 피우던 최초의 기억을 잊지 못하기 때문이다. 담배를 피우면 무엇인가 뇌가 깨어나는 느낌이고, 심신이 조금 안정되었고, 기분이 좋아졌다.

이 기억을 잊지 못해 지금껏 담배를 피우고 있다. 지금은 습관이 되었다.

칸트는 하루에 1개피 담배를 피웠다고 한다. 다산 정약용도 담배 1개피의 효능을 언급했다. 담배는 미성년이나 임신부, 노약자에게 해롭다. 담배는 줄이고 적게 피워야 한다. 그렇치 못하면 금연해야 한다.

유소년 시절

유소년 시절은 이 세상의 인생의 최초의 경험들로 가득했다. 최초의 경험의 기억은 3,4세 때인 것 같다.

외할머니의 등에 업혀 우리집 대청마루 아래에서 서성거리던 외할머니 등의 따스함이다. 외할머니는 나를 업고 어르며 서성거리셨다. 외할머니 얼굴은 어렴풋이 기억난다. 외할머니는 옆집에 사셨다.

외할아버지는 샛님 같은 분이셨다. 6세 쯤으로 기억나는데, 아버지가 드시던 포도주를 먹고 취해 외할아버지집 마당 멍석에서 쓰러져 잤던 기억이다.

최초의 술의 기억으로 기분이 좋은지, 어쩐지 모르겠으나 술에 취해 자신을 제어하지 못했다.

다음은 7세 때 유치원 기억이다. 우리 동네에는 교회당이 있었다. 교회 신자는 아니었지만 교회에서 유치원을 운영했다. 뚜렷이 기억나는 것은 교회당에 앉아서 우유 먹었던 기억이다. 우유 먹기 전에 목사님 아들이 선창으로 기도했고,

우리는 기도를 드리고 우유를 먹었다.

교회의 벽에는 예수님 상이 걸려 있었는데, 나는 유심히 보았다. 예수님 상은 어린 나에게 신비롭고 성스러운 느낌이 들었다. 인간이었지만 하느님의 아들이었다.

어린이, 니체는 말했다.

"어린이는 천진무구이다. 망각이다. 새로운 발단이다. 유희다. 스스로 둥글어져 나가는 수레바퀴다. 제 1의 운동이다. 신성한 긍정이다."

유소년 시절 나는 건강했고 활동적이었으며, 매우 개구졌다. 그러나 어린이였다. 나는 평범했고, 잘 먹고, 잘 자고, 잘 놀았다.

나는 8세에 한글을 깨쳤다. 부모, 형제, 자매, 친구, 친척, 이웃이 한 동네에 살았다. 어린시절 동네 마을은 그 시절 나에게 이 세상의 전부였다. 나는 행복했다.

결혼식, 장례식, 회갑, 시제, 명절, 삶과 죽음의 문화가 있었다. 나는 자유로웠다. 낚시질을 하거나 고기잡이를 했다. 부모님은 농부였다. 아버지는 밤에 멍석을 만드시거나 했고, 어머니는 목화씨 빼는 씨아로 목화씨를 빼었다.

사계절은 오고, 가고, 빨리 진행되었다. 마을에는 아직 전기가 들어오지 않았다. 밤에는 짐승들이 뒷산에서 울어대었다. 여우, 늑대, 승냥이들이었다.

나는 방아랫목 책상에 앉아 책을 읽거나, 학교 공부를 했다. 여름이면 뒷산 참나무에서 사슴벌레를 잡아 채집통에 넣어두었다. 시골마을에는 먹을 것이 지천이었고, 풍요로웠다. 과수원과 목장도 있었다.

밭에서는 곡식이며, 과일, 채소가 넘쳐났다. 집에서 키우던 돼지도 잡았다. 그러면 돼지고기를 마을 친척들이 나누었다. 두부, 감주, 수정과, 묵, 떡, 포도주, 엿도 있었다. 계란, 물고기, 버섯, 닭도 넘쳤다. 어머니의 수고였다.

마을 어귀에는 곳집이 있었다. 상여를 보관해 두는 곳이다. 그곳을 지날 때는 항상 두려움을 느꼈다. 마을에서 장례식이 있으면, 상여를 메고 행상을 한다. 그러면 어린 나는 죽은 사람이 떠나는 상여를 따라갔다.

부족함이 없었다. 우리 마을은 이천과 여주의 경계로 서울과 가까웠다. 부모님의 품에서 잠들고, 부모님 품에서 자랐다.

초등학교 시절, 수업이 끝나면 남자 어린이들은 운동장에서 축구를 했다. 여자애들은 고무줄놀이를 했다. 유소년 시절은 가정의 행복 속에서 자랐다.

인생을 살아가는데 최초로 형성된 인성이었다. 부모님에

게 배우고, 학교에서 배우고, 형제들에게 배우고, 친구들에게 배웠다.

이처럼 인생에 최초의 경험, 배움을 즐기는 일은 평생 지속되었다. 유소년 시절은 정말로 부족함 없는 행복한 시절이었다.

밤

밝음이 어두움으로 바뀌며 밤이 온다. 동지가 다가오니 오후 5시만 넘으면 컴컴해진다.

밤은 사람을 미혹하는 힘이 있다. 밤은 우주의 질서를 보여주고 낮은 사람의 질서를 보여준다. 밤은 우주의 거대함과 무한함을 보여준다.

밤이 되면 가로등이 밝혀지고 등불을 지펴야 한다. 밤은 남녀 관계가 진척되는 가장 고전적인 시간이다. 이 밤에 술이라도 한 잔 마시면 사람은 매혹한다. 밤의 여인을 볼 때 아름다움에 반했다가 낮의 본 얼굴은 실망을 안겨 주기도 한다.

도시는 오히려 밤의 불야성을 이루지만, 시골의 밤은 조용함 그 자체이다, 비오는 날을 좋아하는 사람이 있는가 하면, 맑게 개인 날을 좋아하는 사람이 있듯이 말이다. 나는 환한 날을 좋아한다.

그러나 캄캄한 밤의 조용함과 고즈넉함, 깊어가는 밤을

사랑하기도 한다. 밤하늘의 별을 바라보는 것을 좋아한다.

아! 긴긴 겨울밤, 무엇을 하며 시간을 보낼까? 옛날 어머니는 겨울밤 이웃 집으로 저녁이면 마실을 가셨다. 전기가 들어오지 않던 어린시절, 고향의 밤은 정적 그 자체였다. 오직 벽시계의 초침소리만이 밤의 정적을 깨었고, 어디서 개 짖는 소리가 들리기도 했다.

그리고 심야의 야경꾼이 북치는 소리는 밤의 잠을 깨웠다. 난 오랫동안 시골의 정적 속에 살았다. 요즈음은 밤의 정적을 찾아보기 힘들다. 밤은 잠을 자야 하는 시간이었다. 밤이 두렵기도 하고, 무서운 꿈도 많이 꾸었다.

밤에 홀로 길을 나서면 여우가 사람의 머리 위를 뛰어넘어 사람을 혼절시킨다고 했다. 밤의 정적과 어둠이 사람을 두렵게 했다. 밤낮의 질서는 지구가 자전하며 생기는 현상이다.

세상은 오랫동안 이 질서에 익숙해져 살아왔다. 지금도 이 질서는 인간의 오랜 습성이다. 역사는 밤에 이루어진다고 한다. 하여간 나는 낮은 환해 사랑하고, 밤은 어두워 사랑한다.

하루 밤에 만리성을 쌓는다는 말도 있다. 인간의 역사와 자연의 세계는 이렇게 질서있게 움직인다. 밤이 되면 나의 존재는 작아진다. 우주의 무한함 앞에서 말이다.

그러나 나는 밤의 세계, 우주의 무한함을 의식하고 바라본다. 그리고 생각한다.

파스칼은 '인간은 생각하는 갈대' 라 했다. 밤은 무한함을 볼 수 있고, 절대자를 생각하게 한다. 그러나 밤이 깊을수록 여명, 낮이 밝아오리라 믿고 이 밤도 견딘다. 이 밤이 영원히 계속 되지는 않는다.

인간이 존재하는 한 낮과 밤은 지속될 것이다. 나는 빛을 사랑한다.

시각 장애인

KBS '동행'이라는 프로그램에 24세, 3세 아기와 둘이 사는 시각 장애인 여성을 보았다. 시각 장애인이었지만 24세 아직 어린 나이 때문인지 아름답고 젊은 여성이었다.

24세 시각 장애인 엄마가 아기를 키우는 모습은 정상인인 나를 부끄럽게 했다. 아이 목욕시키기, 밥먹이기, 밥 숟가락에서 밥풀이 떨어져 흩어졌다. 놀아주기, 스마트 폰으로 아기의 사진을 찍었으나, 아기의 모습을 화면에 보이지 않는다.

시각 장애인 엄마는 아기의 자라는 모습을 남겨 주고 싶었으나, 드디어 수많은 실패 끝에 아기의 모습 촬영에 성공했다.

아기는 혼자 걸었다. 그리고 시각의 문제가 없었다.

아! 엄마의 강인함, 행복, 그러나 시각 장애인 엄마도 정상인과 다르다. 밥 먹이는 것조차 어렵다. 그러나 어머니는 강했다. 모든 것을 해내고 있었다. 그리고 아이를 낳기 전안마를 다시 하며, 돈을 벌려고 한다. 얼마간의 공백 때문인지 잘 되지 않았다.

나는 '동행' 프로그램을 보며, 시각 장애인도 저렇게 열심히 감사하며 사는데, 나의 생활은 부끄러움조차 느꼈다.

그리고 하느님께 감사한 생각이 절로 들며, "항상 감사하고 어떻게 보답할 것인지 고민하세요."라는 문장이 저절로 떠올랐다.

나는 건강한 사람이지만 수많은 이웃, 친척의 도움으로 살아왔다. 시각 장애인은 사물을 보지 못한다. 사랑하는 아기의 얼굴도 못보았다.

그러나 우주 엄마는 정상인 못지 않게 해내고 있었다. 이 어머니의 강인함과 아름다움, 능력 하나 하나 행위가 나에게 기적처럼 느껴졌다.

그리고 열심히 사는 모습은 눈물겹도록 고마웠다. 불평은 아기에게 부족한 엄마가 아닐까? 오직 그것 뿐이었다. '동행' 방영 이후 옷이며, 신발, 화장품 등이 여러 고마운 분들에 의해 도움의 손길이 이어졌다.

가구업체에서는 가죽 침대를 선물해 주었으며, 한 후원자는 엄마와 아기의 추억이 담긴 사진을 찍어주었고, 한 동물원 관계자는 아기 우주에게 처음으로 동물원도 보여 주었다. 엄마는 행복해 보였고, 감사함을 정중히 표현했다.

어머니는 강인하고 아름답다. 시각 장애인 엄마와 아기가 행복하기를 바라며, 아기가 건강하게 자랐으면 하고 기도한다.

난 젊은 시각 장애인 엄마를 응원한다. 그리고 정신을 바짝 차리고 열심히 사는 능력 있는 사람이 되기를 결심한다.

말이 통하는 사회

교육은 신사를 만들고, 대화는 신사를 완성한다. 말이 통하는 사회는 어디서 시작될까?

유태인이 자주하는 질문 중에 "너의 생각은 무엇이냐?"라는 질문이 있다.

자신의 생각과 감정을 언어로 표현하는 것이 말이다. 누구나 생각은 있고, 그것을 다른 사람에게 표현하는 것이 소통이다.

생각이 일방적일 때는 강요이고, 생각을 서로 주고 받은 것이 대화이다. 대화가 통하는 사회, 말이 통하는 사회는 생기 넘치고 활기차다.

말이 통하지 않을 때는 강제가 필요하고, 그것이 법이다. 법은 강제적인 것이다. 대화는 민주시민의 기본적인 자질이다. 우선적으로 민주사회에서는 말이 통해야 한다, 이것이 가장 기본적이고 우선적이다.

말은 사람의 가장 기본적인 의사소통으로, 불통의 사회는 막힌 사회이다. 사람은 그 자신의 생각이나 마음에 들어가 보지 않았기 때문에 그 자신의 생각이나 마음을 표현하는 것이 언어이다. 그래야 소통이 되고 소통이 될 때 알 수가 있다.

"군자는 말은 어눌해도 행동은 민첩하다."

"군자는 말하기 전에 행동하고, 그 후 자신의 행동에 맞추어 말을 한다."

공자의 말만 앞세우지 말라는 말이다.

"생각을 말로 표현하지 못하면 생각이 아니다."

언어로 표현할 때 의식이 된다.

사람만이 행복이다

하느님은 어디에 계시나?
사람의 가슴속에 하느님은 계신다.
사람만이 희망이다.
사람은 부모, 형제, 친구, 애인, 이웃
모두 하느님과 가까이 계신다.
사람의 가슴속에, 성소속에
하느님은 머무신다.
하느님은, 인격신은, 권능하신 분은
사람과 함께 머무신다.
하늘에 계신다.
하느님, 상제는
사람과 함께 계신다.

행복

세상은 행복한 사람보다 불행한 사람이 많다. 그것이 세상이다.

그러나 성현들은 사람을 행복으로 이끌려 노력했다. 우선 한결같은 마음을 지니는 것이 행복의 첫째 비결일 것이다.

일심, 마음이 한결같으면 행복은 끝내 찾아온다. 한결같은 마음이란 무엇인가? 상대의 행복을 빌어주는 것이다. 진정으로 상대가 행복하기를 바라면 한결같은 마음이다.

선한 마음을 끝까지 가지면 끝내 행복이 온다. 나는 그렇게 믿고 있다. 행복하기를 바란다는 것은 사랑의 마음이다. 사랑이 있어야 한다. 진정한 사랑은 인간이 하느님을 가슴에 지녔다는 의미이다.

"벗을 위해 목숨을 바치는 것보다 큰 사랑은 없다."고 예수님은 말했다.

그것이 진리인 것이다. 그것이 믿음인 것이다. 더 이상 무엇이 필요하랴? 물론 이 세상은 돈이 있어야 한다. 돈은 노동의 댓가이다. 건강한 사람은 노동하는 사람이고, 노동하는 사람은 건강한 사람이다.

그래서 행복하기 위해서는 건강해야 한다. 노동하기 위해서이다. 일하기 위해서이다. 일하지 않는 사람은 행복하지 않다. 일을 해야 행복하다. 그러기 위해서는 건강해야 한다.

아! 이 기본적인 진리를 몰라서 세상은 불행한 것인가? 그럴 것이다. 그렇다. 알면서도 실천하지 못한다. 그것이 세상인 것이다. 그러니 세상은 아비규환이다.

사람은 자신만의 믿음, 자신만의 철학을 가지고 있다. 그 개인의 철학이 개인주의가 되어서는 안 된다. 이기주의가 되어서는 안 된다. 그래서 공동선을 말하는 종교, 신앙(믿음)이 필요한 것이다. 그러나 노동하는 건강한 사람 못지 않게 장애인이 이 세상에는 많다.

장애인, 스스로 노동할 수 없는 사람, 장애인은 사회에서 도움을 주어야 한다. 장애인도, 건강한 사람도 함께 살아가는 세상이기 때문이다. 그러나 세상은 복잡하고, 어지럽고, 어려운 것이다. 말할 수 없이 어려운 것이다.

세상은 모두가 함께 살아가야 하기 때문이다. 세상은 모두가 행복하기는 어려운 것이다. 행복에 평등은 없는 것이다. 그러나 행복이 마음에 있는 것이라면 모두가 행복할 수 있다.

그러나 행복은 마음에만 있는 것은 아니고, 조건이 충족되어야 한다. 신의 은총이 있어야 한다. 행복은 하느님 손길이 있어야 한다.

그래도 불행한 사람은 행복한 사람들을 보고, 진정으로 축복을 보내주어야 하고, 행복한 사람들을 보고 세상은 참 좋은 곳이라는 것을 알아야 한다.

그래야 자신도 행복할 수 있다. 그것이 세상인 것이다. 세상에는 행운이 따르는 사람이 있는 것이다.

일과 사랑

　사람은 일한다. 노동한다. 수도자 계율에 일하지 않으면 먹지도 말라고 했다. 일하고 사랑하라. 일하고 사랑한다는 것은 가장 건전한 일이다. 이보다 더 좋은 일은 없다. 노동은 신성한 것이다. 국제노동기구 헌장에는 노동 자위 단결권, 적정 임금, 1일 8시간, 주 48시간제, 아동노동의 금지, 연소자 노동의 제한, 남녀 동일 노동, 동일 임금.

　1946년 제29차 총회에서 이 헌장의 정신을 지도원리로 삼을 것을 결의했다. 노동기본헌장에는 세계에 영속하는 평화는 사회 정의를 기초로 하여서만 확립될 수 있다.

　국제 노동 조약은 각국의 노동 조건이나 노사관계 등에 관한 국제 기준이다. 사회 정의는 노동자의 일할 권리에서 시작되고, 적정 임금과 노동 시간을 규정한다.

　노동의 부담을 줄이려고 발명한 기계는 도시와 농촌에서 실업자를 양산하여 노동 조건을 악화시키는 한편 노동을 단순화시켜 자본가들이 노동을 착취하는 수단으로 이용된다.

이런 과정에서 노동자 계급에 의한 사회적 갈등이 사회모순으로 심화되어 혁명으로 사회를 변혁시키려는 움직임이 고양되는데, 이런 분위기 속에서 사회주의 사상이 급속도로 성장한다.

교회는 노동의 신성함을 규정하고 노동이야말로 인간의 존엄성을 드러낸다. 노동을 통해 사회 정의를 실현한다. 교회는 사람의 인권과 노동권을 소중히 생각하며, 모두가 사람답게 살 수 있는 현실을 펼친다.

하느님은 인간을 노동자로 만드셨다. 노동해서 의식주를 해결하고, 노동하도록 손·발·몸의 건강을 주셨다. 노동은 사람의 신선한 권리이다. 일하고, 일하고 싶고, 일하기 위해 존재하는 것이다.

노동이야말로 하느님이 주신 인간의 신성한 권리이다. 일하고 사랑함으로 행복과 기쁨의 길이 열린다.

4월

　계절은 천지가 꽃으로 만화했다. 벌써 백목련, 홍목련이
지고, 분홍 진달래, 노란 개나리도 만개했다. 연분홍 벚꽃도
만개하고 있고, 흰색 살구꽃도 피기 시작했다. 풀섶에는 제
비꽃도 피어났다. 서울은 파리나 밀라노와 함께 세계의 도
시의 유행을 선도한다. 패션의 유행을 선도한다. 서울은 지
금 청색과 흰색으로 젊음과 생기와 건강을 느낄 수 있고, 흰
색과 빨강의 조화로 연분홍의 새로움과 산뜻함, 밝음과 멋
스러움을 느낄 수 있다. 또 흰색과 붉은색이 조화되어 연분
홍 화사함과 따사로움을 느끼게 해준다. 노란 개나리 빛과
후리지아 빛은 아직도 신선하고 새로운 희망을 느끼게 했
다.

　흰색과 붉은색의 조화로, 연분홍색 살색은 아름다움과 밝
음, 젊음과 생기를 상징한다. 지금 검은색과 적색은 무거운
느낌과 더불어 암울한 느낌을 가져다준다. 더불어 초록은
산뜻한 생기를 드러내기 시작했다. 연분홍 살색은 밝음과

따사로움, 젊음과 아름다움을 드러내고 여인의 유혹을 느끼게 한다.

지금 수도권은 밝다. 봄빛으로 화사하고 따뜻하다. 흰색과 청색의 물결로 젊음과 힘과 건강을 드러내고, 흰색과 붉은색의 조화로 화사하고 밝은 느낌을 연출했다. 또 노란빛으로 희망과 새로움을 드러내고, 초록빛으로 싱그러움과 청빛을 보는 듯하다.

천연 약수 한 잔을 들이키듯 시원함을 주며 약간의 더위에 갈증을 주기도 한다. 이제 벌써 그늘을 찾게 한다. 아침 저녁으로는 조금 쌀쌀하다. 낮은 따뜻함을 넘어 약간의 더위를 느끼게 한다.

4월 10일

서울 세상은 빨리 진행되며 피로를 느끼게 한다. 여유로움은 행복을 가져다준다. 한가함도 느껴보자. 4월 10일 사람들의 대화는 활발하고, 생기와 여유를 느끼게 한다. 서울은 활기차고 숨 가쁘게 돌아간다. 일의 세계는 계속된다. 그러나 계절은 여지없이 사람들의 마음에 스미어 계절의 미묘한 느낌들은 희망과 새로움과 기대를 가져다준다. 햇빛은 가득하고 밝고 아름답다. 강한 햇빛은 벌써 시원한 그늘을 찾게 하고 갈증조차 느끼게 한다. 서울은 대도시이다. 수도 권은 세계에서 유례를 볼 수 없는 메가로 폴리스이다. 이 거대한 도시는 자연의 순환에 사람들은 맡겨져 있다. 서울은 젊고 희망차고 활기차다. 1393년 태조가 조선을 건국하고 한양으로 천도 이후 서울은 500여 년간 조선의 수도였다. 전철을 탔는데 한 젊은 여인이 얼굴을 분홍빛으로 메이크업 해놓았다. 서울은 지금을 행복한 도시로 진화 중이다.

묶음 셋

다산의 시

변상벽의 '모계령자도'에 부치다

변상벽卞尙璧이 변고양이로 불리는 까닭은
고양이 잘 그려 사방에 이름났기 때문이네
이제 또다시 병아리 거느린 닭 그리어
마리마다 솜털이 살아 있는 듯하네
어미닭 까닭 없이 성내니
낯빛 붉으락푸르락 사납고 매섭다네
(중략)
형형색색 세밀하여 진짜 닭이랑 거의 같고
출렁이는 기운 또한 막을 수 없네
듣자하니 그림 갓 새로 그렸을 때
수탉이 잘못 보고 야단법석 떨었다네
또한 변고양이가 그린 오원도는
뭇 쥐들을 올러 겁먹게 하였다네
뛰어난 예술이 더 나아가 여기에 이르니
쓰다듬고 어루만져도 흥미가 줄어들지 않네

엉성한 솜씨 지닌 화가는 산수화 그린다며
어지러이 붓 놀려 손시늉만 활개친다네

남과 탄

궂은 장맛비 열흘 만에 오솔길 끊기고
성안 후미진 골목에도 밥 짓는 연기 사라졌네
내가 성균관에서 글 읽다가 집으로 돌아와
문안으로 들어서니 시끌시끌한 소리 왁자지껄하네.
듣자하니 항아리 텅 비어 끼니거리 떨어진 지 며칠째이고
호박 팔아 허기진 배에 먹을거리 마실거리 채웠다 하네
어린 호박 다 땄으니 마땅히 어찌할꼬?
늦게 핀 호박꽃 아직 채 떨어지지 않아 열매 맺지 않았네
이웃집 남새밭 항아리마냥 큰 호박 보고
어린 계집종이 좀도둑처럼 살그머니 훔쳐 왔다네
돌아와 여주인에게 온몸 온마음 바치려다 되레 야단만 맞고
누가 네게 훔치라고 가르쳤냐며 회초리 꾸중 호되다네
어허, 죄 없는 아이 당분간 꾸짖지 마오!
내가 이 호박 먹을 테니 더 이상 잔소릴랑 하지 마소!
내가 남새밭 주인장에게 떳떳하게 알리고 비는 게 낫지!

오릉중자 작은 청렴 나에겐 하찮다오.
때 만나면 원대한 포부 새 날개처럼 날아오를 터……
그렇지 않으면 금광이라도 파 목구멍 포도청 지켜야지
책 만 권 읽었다고 아내 어찌 배부르랴
밭 두 뙈기만 있어도 계집종 참말로 깨끗할 걸!

애절양

갈밭마을 젊은 아낙네 기나긴 울음소리
고을 관아문 향해 울다 푸른 하늘 보고 부르짖네
수자리 살러 간 지아비 아직 못 돌아온 일은 있어도
옛날부터 사내가 자지를 잘랐다는 말 들어 보질 못했네
시아버지 상복 이미 입었고
갓난애는 배냇물도 안 말랐거늘
시아버지 지아비 갓난애 이름이 죄다 군보에 올랐네
야박스런 말에 달려가 하소연해도 문지기가
호랑이처럼 가로막고
이정은 으르렁대며 외양간 소 끌고 가네
지아비 칼을 갈아 방에 드니 삿자리에 붉은 피 가득하고
아이 낳아 어처구니없는 재앙 만났으니 스스로를 원망하네
누에 치는 잠실에서 함부로 자지 잘린 사마천에게
어찌 죄가 있었으랴
내시로 출세하고자 거세한 민株 땅 자식들도

참으로 서럽다네
자식 낳고 사는 거야 하늘이 내린 순리이고
하늘 닮아 아들 되고 땅 닮아 딸 되는 법이라네
불깐 말 불깐 돼지조차도 슬프다 말하거늘
하물며 입에 풀칠하기 바쁜 무지렁이들이야
대를 잇는 은혜를 입은들 무엇하리오
부자들은 한 해 내내 피리 가야금 풍악이나 즐기면서
낟알 한 톨 비단 한 치 바치지 않네
우리 모두 한결같이 어린 백성이거늘
어찌 이리 불공평한가?
쓸쓸한 나그네 방에서 〈시구〉편을 되풀이로 외우네

맹화와 요신

탐관오리 단속한다는 소리도 거짓말일 뿐
마침내 멀리 떠나는 유랑민 신세라네
한나라 조정 때 같은 진휼은 없고
당나라 징세법처럼 현물 세금만 늘어나네
탈세자 잡느라 이웃 마을까지 떠들썩하고
먼 친척에게까지 밀린 세금 빚을 물리네
감사의 영令 깃발 펄럭여 촌사람들 화들짝 놀라게 하니
둥둥 농사 굿하는 북소리마저 멎었다네
제멋대로 까부는 비장의 횡포 아니고
제 몸을 살찌우는 감사의 책임이라네

견흥

제가끔 당파 갈라 쉴 새 없이 아옹다옹 싸우는 꼴
귀양살이 나그네 되어 깊이 생각하니 눈물 줄줄 흐르네
산하는 옹색하게 삼천리가 고작이거늘
비바람 섞어 치듯 서로 싸운 지 이백 년이네
수많은 영웅호걸 길을 잃어 슬퍼했고
논밭 두고 다투는 형제 어느 때나 부끄러워할까
만일 끝없이 솟아나는 은하수로 씻어 낼 수 있다면
맑은 날 상서로운 햇살이 온누리 비추련만

고시 27수

당파 재앙 오래도록 그치지 않으니
이야말로 참으로 통곡할 일이로다
듣지 못했네, 낙당 촉당 후예들이
끝내 지씨 보씨로 나뉘어 피붙이싸움 벌였다는 말을
우리나라 당쟁 기질 양심마저 내버리고
가는 밧줄이나 겨자씨만 한 잘못에도 마구 죽이네
어린 양들은 소리 지르지 못하고 죽으나
승냥이와 범은 오히려 눈알을 부라리네
높은 자는 기회 잡고자 이를 갈고
낮은 자는 숫돌에 칼날과 화살촉 날카로이 가네
누가 능이 큰 잔치 열어
휘장 둘러친 눈부신 집에
일천 동이 술 빚어 놓고
만 마리 소 잡아 저민 고기 차려 놓고
옛날에 물든 버릇 고치기로 함께 다짐하며
화평한 복을 구할까나!

동시에 찡그린 얼굴에 부치다

푸른 치마 곱사등이 저 사람은 뉘인가?
저라산 아래 감호 물가에 사는 여자라네
붉은 곱슬머리 쑥대강이같이 험수룩하게 흩뜨러졌고
언청이에 성긴 이 삐뚤빼뚤 퍼렇게 드러났네
살갗에 때 서 말은 쌓여 있고
규방에 쌓인 먼지 천 섬이 넘는다네
등에 붙은 옴딱지 여전히 두꺼비 족속이고
턱 밑살 자루 축 늘어져 흡사 사다새 같다네
(중략)
서시는 워낙 예뻐 눈살 찌푸려도 곱지만
너는 찡그려도 얼굴 본바탕 지키는 것보다 못하구나!
아아! 눈살 찡그림 흉내 어찌 너뿐이겠느냐?
벼슬길에서 이러한 찡그림을 나는 숱하게 보았구나
강좌 사람 모조리 나막신 굽 높고
업하 사람 죄다 절각건 썼었지

범 그리려다 따오기가 된들 부끄러운 줄 모르건만
가는 허리 길게 쪽진 머리 어찌 화낼 만하랴?
한단 걸음걸이 수릉 것만 못하였고
우맹도 끝내는 위오와 진짜로 똑같지는 못하구나
하늘에서 받은 체질이 제각기 다른데
어이하여 함부로 남만 따르다 제 몸을 버리는가?

덧붙이는 한화

사람들이 무리 지어 모여 있고
땅은 또 농사짓기에 마땅하니
날 선 쟁기 곧장 닿아
우선 이분의 묘지명을 얻으리
이곳은 철인哲人의 뼈가 묻힌 곳이니
드러나게 하지도 말고 범하지도 말라
예로부터 주공과 공자를 우러러
벗들 가운데 이분과 어울리지 못한 사람도 있었노라
봉록 받는 벼슬아치 무리들과 노닐기보다
박해 받는 자들을 고관대작 대하듯 하였노라

등용문으로 날아 조정에 들어갔으나
가로막는 자로 인해 큰 벼슬도 못하시고는
마침내 뒤집히는 불운을 만나
먼 바닷가 풀집으로 유배당하였으니

정통한 지식과 슬기로운 식견을
묵묵히 마음 깊이 간직했노라
이곳은 오로지 선영의 고을이라
멀고 먼 곳에서 찾아와 묻혔노라

노인네의 한 가지 통쾌한 일

늘은이 한 가지 통쾌한 일은
붓 가는 대로 마음껏 쓰는 거라네
골치 아픈 운자에 얽매이지 않고
고치고 다듬느라 미적거리지 않네
흥이 나면 곧장 뜻을 싣고
뜻이 되면 곧장 써내려 가네
나는 조선 사람이라
즐거이 조선시를 쓰네
그대들은 마땅히 그대들의 법을 따르면 되지
시작법에 어긋난다고 미주알고주알 따지는 자 누구신가?
(중략)
어찌 슬프고 울적한 말을 꾸며 내어
고통스레 애간장을 부러 태우는가?
배와 귤 저마다 독특한 맛 지니고 있거늘
오로지 입맛 따라 즐기고 좋아하면 그만 아닌가!

차찬 묘지명

임금님 은총 한 몸에 입어
궁궐 깊이 들어가 임금님 가까이서 보좌하였노라
참으로 심복으로 믿음을 얻어
아침저녁으로 정성껏 섬겼도다
하늘의 은총 한 몸에 받아
못난 속마음을 깨우쳐 주니
정밀하게 육경을 밝혀서
미묘한 이치를 풀이하고 통달했노라
간사하고 아첨하는 소인배가 권세 잡았지만
하늘은 이 몸을 써 옥처럼 곱게 다듬었도다
육신을 잘 거두어 땅속에 깊이 간직해야지
앞으로 높이 날아올라, 멀리 멀리 훨훨 날리라.

저자와의 협의에 의해 인지를 생략함.

정관진 산문집
자유의 계절

2020년 9월 10일 인쇄
2020년 9월 19일 발행

지은이 • 정관진
펴낸이 • 연규석
펴낸곳 • 도서출판 고글

서울특별시 용산구 한강대로40길 18
등록일 • 1990년 11월 7일(제302-000049호)
전화 • (02)794-4490 · (031)873-7077

＊잘못된 책은 판매처에서 교환해 드립니다.

값 12,500원